集英社オレンジ文庫

後宮の烏《からす》 4

白川紺子

本書は書き下ろしです。

目次

登場人物紹介

高峻《こうしゅん》　即位間もない若き皇帝。烏妃《うひ》・寿雪に〝友〟として寄り添う。

寿雪《じゅせつ》　当代、烏妃。不思議な術を使う、謎多き孤高の存在。

衛青《えいせい》　高峻に絶対的な忠誠を誓う宦官。

九九《ジウジウ》　寿雪の侍女。素直で世話焼きな性格。

温螢《おんけい》　衛青から、寿雪の護衛を命じられた宦官。

衣斯哈《イシハ》　少年宦官。西方の少数部族出身。

晩霞《ばんか》　鶴妃《かくひ》。あどけなさの残る高峻の妃。寿雪に懐いている。

朝陽《ちょうよう》　晩霞の父で、賀州の有力豪族。かつて卡卡密《カカミ》国から渡ってきた少数民族の長。

白雷《はくらい》　巫術師、新興宗教「八真教《はっしんきょう》」の教祖。

隠娘《いんじょう》　幼き「八真教」の巫婆。

麗娘《れいじょう》　先代烏妃。故人。

魚泳《ぎょえい》　前冬官《とうかん》。故人。

花娘《かじょう》　高峻が師と慕う宰相、雲永徳《うんえいとく》の孫。高峻の幼なじみでもある。

世界図

楽宮《ささらのみや》
海隅蜃楼《かいぐうしんろう》
卡卡密《カカミ》
（伊喀菲島《イカヒ》）
阿開《アケ》
沙文《しゃもん》
花陀《かだ》
雨果《うか》
回廊星河

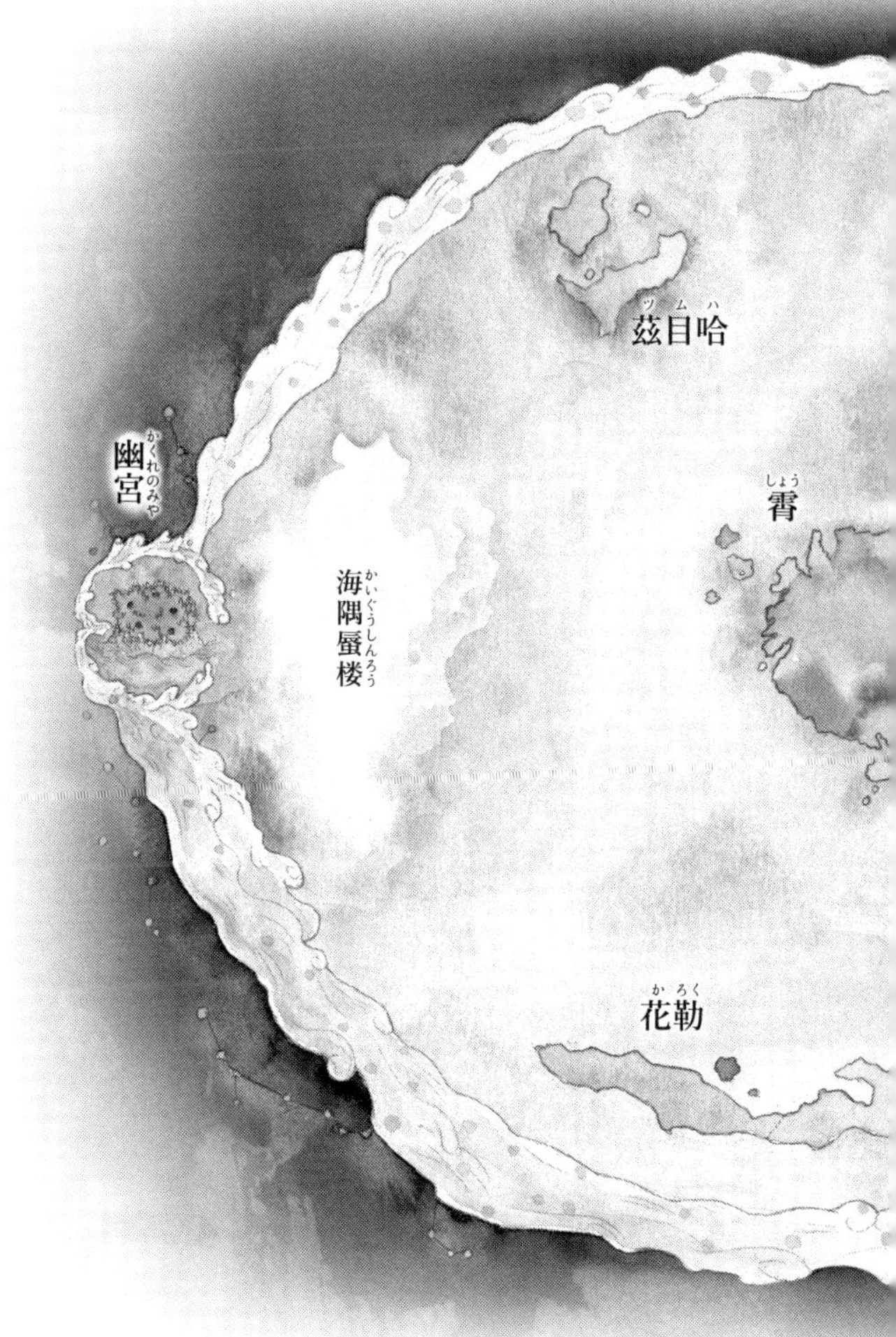
茲目哈《ツムハ》
霄《しょう》
幽宮《かくれのみや》
海隅蜃楼《かいぐうしんろう》
花勒《かろく》

霄国地図

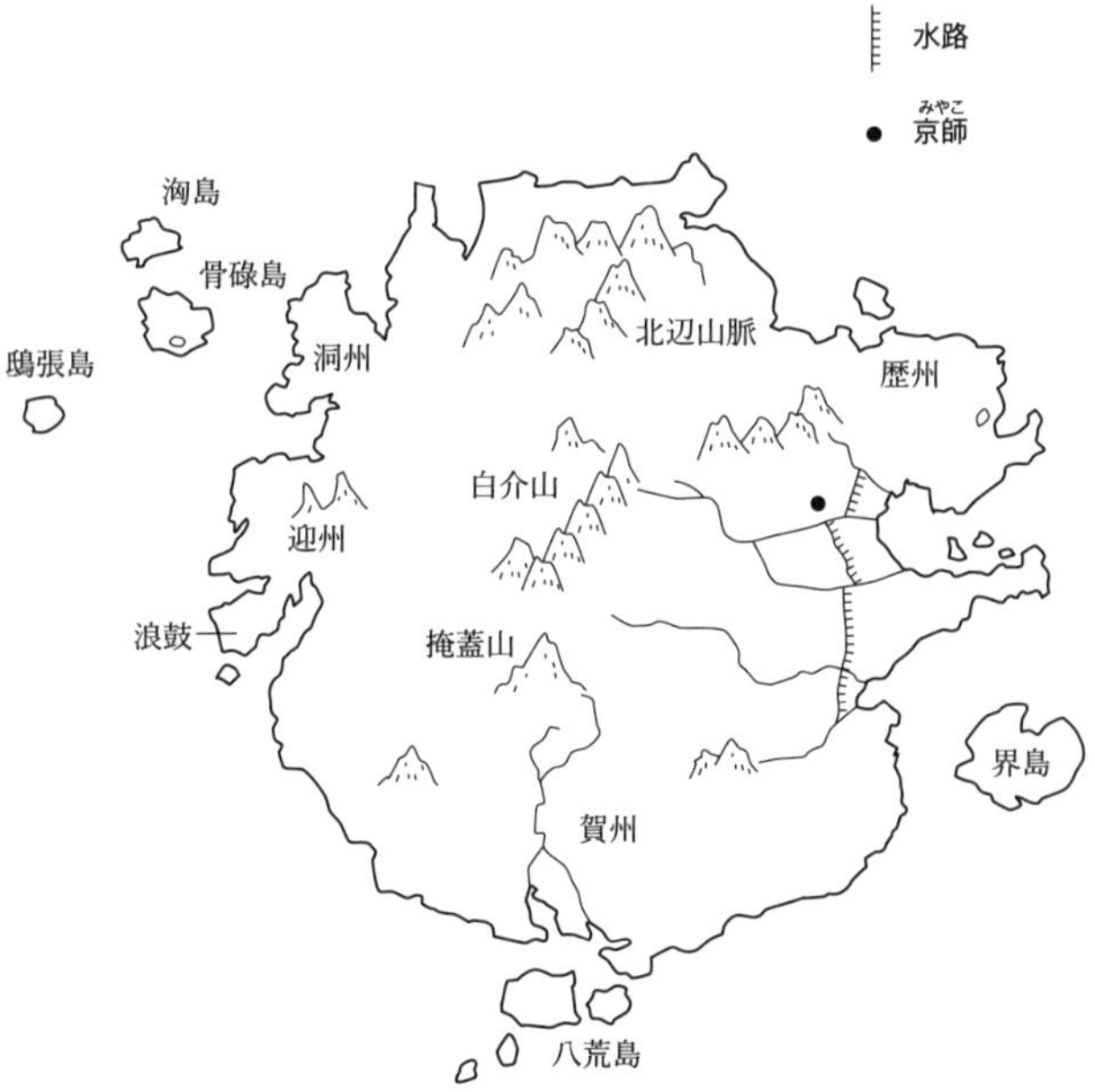

水路
京師《みやこ》
洶島
骨碌島
鵾張島
洞州
北辺山脈
歴州
白介山
迎州
浪鼓
掩蓋山
界島
賀州
八荒島

宮城内地図

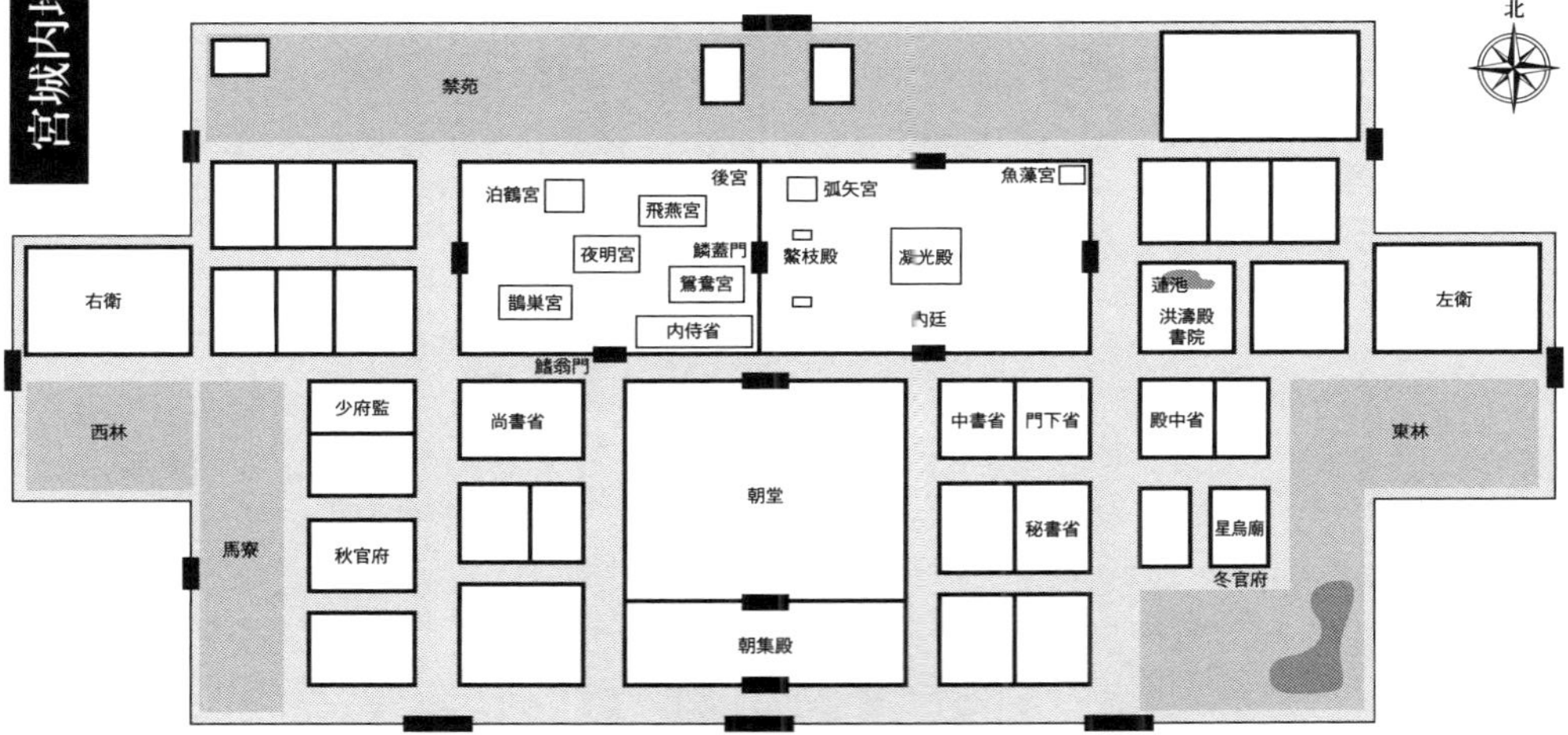
北
禁苑
後宮
泊鶴宮
飛燕宮
夜明宮
鱗蓋門
鴛鴦宮
鵲巣宮
内侍省
鐺翁門
弧矢宮
繁枝殿
凝光殿
魚藻宮
内廷
右衛
左衛
蓮池
洪濤殿
書院
西林
馬寮
少府監
秋官府
尚書省
朝堂
朝集殿
中書省
門下省
秘書省
殿中省
星烏廟
冬官府
東林

イラスト／香魚子

蚕《さん》神《しん》

月燈海《げつとうかい》に堕《お》ちて双神となりたまふ　一は阴《イン》の神　二は焱《イン》の神
海隅八千夜を分かち　一の神、黝《くろ》き御舎《みあらか》に幽《かく》れたまひ
二の神、月の御舎《ささら》にて楽《あそび》をしたまふ　ここをもちて一を幽宮《かくれのみや》　二を楽宮《ささらのみや》といふ
幽宮の水門《みなと》に成りし神あり　名は大鼇《おおごう》の神
罪有りて身を八つに斬り散《はふ》られたまひて　幽宮より流されたまふ
首は界《ジエ》　腕は八荒《パーファン》　脚は骨磔《グールウ》
亀甲は峡谿《きょうこく》に　血は河となり
眼《まなこ》は沼　息吹《いぶき》は渦となりて潮を呼び
腐りし肉には稲穂実りて種を堕とし　桑生《くわな》り蚕生《かいこ》り　青人草《あおひとくさ》生りき
また一箇《ひとつ》の骨に成りし白亀の神あり　名を鼇の神といふ
暴波《あらなみ》を鎮《しず》め舟を守りたまふ
その神八代の後胤《こういん》
白き王それ皇帝のはじめとかや……

——鴉帮《ウーパン》の祭文《さいもん》より

晩霞《ばんか》の前には、木箱に詰められた生糸《きいと》の束があった。朝靄《あさもや》のような乳色の生糸は、しっとりとした光沢《こうたく》をたたえている。賀州《がしゅう》産の生糸のなかでも、とりわけ上質なものを父である朝陽《ちょうよう》が送ってきたのだった。

賀州の生糸は、霄《しょう》の国で最も質がよいとされる。賀州の養蚕《ようさん》は、かつて沙那賣《サナメ》一族が卡密《カミ》から渡ってきたときに持ちこんだ蚕がはじまりで、朝陽が本腰を入れて品種改良し、いまの評判がある。晩霞も朝陽の命令で子供のころから蚕の世話をしてきた。春蚕《はるご》、夏蚕、秋蚕、晩秋蚕《ばんしゅうさん》……毎日桑を摘《つ》んでは蚕に与え、掃除をし、熟蚕期《じゅくさんき》になれば繭《まゆ》を作る場所に移し、繭になったら毛羽《けば》をとって選《よ》り分ける、そのくり返し。

晩霞は蚕が桑を食む音を聞くのが好きだった。蚕室《さんしつ》の片隅に座り、蚕たちが旺盛に桑の葉《は》を食べている音に耳を傾けていると、そぼ降る雨に包まれているようで、心が落ち着いた。生命そのものの音だった。

そのぶん、選り分けた上繭《じょうけん》を湯で煮殺し、糸をとる様子を見るときは、胸にひんやりとした影がさした。ぐつぐつと湯が煮え立つ音は、生命をもぎとる音だった。だが、そうして紡《つむ》がれた糸は、冷ややかに輝いて、なにより美しい。

絹が肌の上をすべるときは、いつも冬の日陰のような青黒い寒さがあった。

晩霞は目の前の箱から、生糸の束をひとつ手にとる。

束ねた生糸は、結い目を紙で巻いてある。晩霞《ばんか》はそこに指をさしこんだ。悪徳商人だと、ここに鉛《なまり》や鉄くずを巻きこんで重量をごまかす。むろん、父からの荷にそんな細工はないが、べつの細工はあった。晩霞の指は、紙の裏側に貼りつけられた紙縒《こより》をさぐりあてる。通常の文《ふみ》と異なり、他人に見られたくない文はいつもこうして届けられた。紙縒をはがして、慎重に広げる。細長い紙片には、父の字で短い言葉が記されていた。

『烏妃《うひ》とはかかわるな』

晩霞は息をつめた。

――なぜ？

父からの命令文に、いつも理由は書かれない。晩霞はただ、父の言に従うだけだ。だから後宮《こうきゅう》での出来事は余さず伝えてきたし、身近に見る皇帝の様子も知らせた。それが父の、ひいては沙那賣《サナメ》一族のためだと思えばこそ。

だから、寿雪《じゅせつ》の秘密も文に書いた。彼女が髪の色を隠しているということを。

晩霞の命を救ってくれた寿雪の秘密を――友になりたいとさえ思った寿雪の秘密を、伝えたのだ。

さんざん迷って、寿雪と父とを天秤《てんびん》にかけて、結局、晩霞は父を選んだのだ。

寿雪の秘密を知った父が、『かかわるな』という判断を下した理由は晩霞にはわからない。

だが、命じられるまでもない。このさき、寿雪《じゅせつ》とどんな顔をして会えるというのだろう。もはや友になどなれはしない。

晩霞《ばんか》は生糸を撫《な》でる。ひんやりとして、だが撫でる手を跳ね返すような熱を感じる。生命の熱さだ。刈りとった生命の。

――わたくしにはきっと、これほどの熱もない。

晩霞は繭の選別を思い起こしていた。上繭《じょうけん》とくず繭《まゆ》を選り分ける作業だ。くず繭には、死ごもり繭というのがある。繭のなかで蛹《さなぎ》が死んで、腐ってしまった繭だ。腐ってどろどろに溶けた蛹。

――わたくしも、あれとおなじ。

誰にも知られないまま、内側でどろどろに腐って、中身だけ死んでゆくのだ……。

＊

「蚕室に幽鬼《ゆうき》が出るんだそうですよ」

九九《ジウジウ》がその噂《うわさ》についてしゃべりだしたのは、夜の帳《とばり》がすっかりおりた時分のことだった。

日一日と涼気が増すなか、日が暮れるのも早くなっている。夜明宮《やめいきゅう》はいつもながら吊り灯籠《どうろう》に入る火もなくひっそりと闇《やみ》に沈んで、虫の音《ね》が遠くに聞こえていた。部屋にいるのは寿雪《じゅせつ》と侍女《じじょ》の九九《ジウジウ》、ふたりだけだ。いいと言うのに、九九は寿雪につきあって夜更《よふ》けまで起きている。夜に烏妃《うひ》を訪ねてくる客のためである。失せ物さがしから呪殺まで、なんでも引き受けてくれるという黒衣の妃《きさき》を頼って、後宮の者たちは夜の闇に紛《まぎ》れ、ひと目を忍んでやってくるのだ。

「どこに、だと?」

聞き慣れぬ言葉に寿雪は訊《き》き返した。

「蚕室です。蚕を育てているところです」

「そんなものが後宮にあったのか?」

「泊鶴宮《はっかく》の北に桑林があるそうなんですけど、そこに。前王朝のころにも、先々帝のころにもあったそうですよ。先帝のお后《きさき》さまは蚕がお嫌いだったとかで、蚕室も取り壊されたそうなんですけど、陛下《へいか》が新しくお造りになったんです。ほら、鶴妃《かくひ》さまのご実家では養蚕が盛んでしょう」

「晩霞《ばんか》の実家……賀《が》州の沙那賣《サナメ》だったか」

「ええ。ですので、鶴妃さまのために蚕室が設けられたんです。鶴妃さまもご実家では蚕をお育てになっていたそうですよ。ここの蚕室では泊鶴宮《はっかくきゅう》の宮女たちが世話をしていますが」

　そこで本題でございます、と九九《ジウジウ》は言う。

「その蚕室に、幽鬼が出るのだとか」

「ほう。蚕の幽鬼でも出るか」

「いいえ。宮女の幽鬼です」

　九九の話によれば、こうだ。

　前王朝時代、蚕室で働く宮女がいた。あるとき、彼女はうっかり蚕を踏んで殺してしまう。しかし彼女はそれを申告することなく黙っていた。言えば罰せられるからだ。

　ところがその晩、彼女はにわかに苦しみだし、口から生糸を吐き出しはじめた。生糸は切れることなくどんどん出てくる。それにつれて彼女の体はやつれてゆく。あわてて宮女のひとりが鋏《はさみ》で糸を切ってやると、彼女はばたりと倒れて死んでしまった。その髪は生糸のように白くなっていたという。

「蚕の祟《たた》りです」

　九九は恐ろしげに言って、頰《ほお》を押さえた。寿雪《じゅせつ》は小首をかしげる。

「それでは宮女が祟り殺されたという話であって、宮女の幽鬼とは違うように思うが」

「話はここからなんですよ、娘娘《ニャンニャン》。この祟りで死んだ宮女の幽鬼が、蚕室に出るという話です。宮女の幽鬼はそれからたびたび蚕室に現れて、ほかの宮女に紛れて蚕の世話をするというんです。気づかないうちに紛れこんでいて、あっ、と思うと消えるんだとか。先々帝のころにも現れたそうです。先帝のころは蚕室がありませんでしたから、現れることもなかったそうですが――」

「また蚕室ができて、その幽鬼も出るようになったと」

「そのとおりです」

九九《ジウジウ》は深くうなずいた。

「ほかの宮女たちになにか障《さわ》りがあるとか祟りがあるわけじゃないそうですけど、泊鶴宮《はっかくきゅう》の宮女たちは怖がっているそうですよ」

「その話、泊鶴宮の者から聞いたのか?」

「いいえ、鴛鴦宮《えんおうきゅう》の宮女にです。今日、衣斯哈《イシハ》の書写《しょしゃ》のために反故紙《ほごし》をもらいに行ったときに聞いたんです」

夜明宮《やめいきゅう》の少年宦官《かんがん》、衣斯哈は読み書きの手習いの真っ最中で、紙はいくらでも必要になる。そのために方々から反故紙をもらってくるのである。

どこの宮にもおしゃべりな宮女というのはいるもので、九九はそうしたおつかいに行った先々で噂話を仕入れてくる。役に立つ情報もあれば、やくたいもない鬼話《でたらめ》のこともあった。


「当人の話でないのなら、どこまでまことかわからぬな」

「泊鶴宮《はっかく》の宮女に訊いてきましょうか」

「そうまでせずとも――」


寿雪《じゅせつ》は言葉をとめ、扉のほうを見やった。金鶏《きんけい》の星星《シンシン》が羽をばたつかせる。来客である。

「娘娘《ニャンニャン》」

が、扉の向こうから聞こえた声は護衛の宦官、温螢《おんけい》のものだった。

「林で迷っていた宮女をつれてきました」

夜明宮《やめい》は榑《たぶ》と杜鵑花《しゃくなげ》の鬱蒼《うっそう》とした林に囲まれている。昼間でも薄暗い林は、今日のように月に雲がかかっている夜には、なお暗い。気をつけていないと方角を見失う。


扉があくと、温螢につれられて小柄な宮女が不安げな面持《おもも》ちで入ってきた。彼女は寿雪の前に膝《ひざ》をついて礼をとる。温螢は「目を離すと淡海《たんかい》がすぐ怠《なま》けるので」とふたたび外へ戻っていった。淡海はもうひとりいる護衛の宦官である。寡黙《かもく》で謹厳実直な温螢とは逆に、よくしゃべるしよく怠ける。

「烏妃《うひ》さま、お頼みしたき儀があって参りました」

口上《こうじょう》を述べて、宮女は叩頭《こうとう》せんばかりに寿雪《じゅせつ》を伏し拝《おが》んだ。かぼそい声は緊張している。その様子からして、切羽詰《せっぱつ》まった頼みがあるようだった。

「そこからではよく聞こえぬ。こちらへ来て座れ」

寿雪は向かいの椅子を示す。宮女は当惑《とうわく》気味ながら立ちあがり、おずおずと歩みよって腰をおろした。

「名は」

寿雪は短く問う。

「姓は年《ねん》、名は秋児《しゅうじ》と申します。泊鶴《はっかく》宮付きでございますが、主《おも》に蚕室の仕事を担《にな》っております」

寿雪は、かたわらに控えている九九《ジウジウ》と顔を見合わせた。泊鶴宮までたしかめに行かずとも、ほんとうに変事があるなら向こうからやってくるだろう、と寿雪は踏んでいたのだが、こうも折良く現れるとは思っていなかった。

「蚕室に幽鬼が出るのか?」

「おわかりになるのでございますか」

さすが烏妃《うひ》さま、と感嘆《かんたん》したように言うので、寿雪は「いや、噂を小耳に挟んだだけだ」と訂正する。なんでもお見通しだと思われては困る。

「宮女の幽鬼が出るという話だったが」

「さようでございます。前王朝のころに蚕の祟りで死んだ宮女だとか」

秋児《しゅうじ》が語った幽鬼の話は、九九《ジウジウ》から聞いた噂とおなじだった。

「いつのまにか、その宮女の幽鬼は蚕室にいるのでございます。桑を運びこんで給餌《きゅうじ》しているときなど、忙《せわ》しなくしておりますから、いちいち宮女の顔など見ておりません。それでふと顔をあげると、見知らぬ宮女が桑の葉を蚕に与えているのです。驚いて声をあげますと、とたんにその宮女は消えてしまいました。わたくし以外でも見た者がおります」

それからもたびたびその宮女の幽鬼は蚕室に現れるという。

「ですが、これだけでしたら、烏妃《うひ》さまにご相談するつもりはございませんでした。蚕の世話が忙しゅうございますから、正直、宮女の幽鬼のひとりやふたり、かまっている暇《ひま》はございません。ふいに現れてすぐ消えるだけで害もないのですから、そのうち皆、慣れてしまいました。それよりも蚕を無事育てあげて、よい繭にすることで頭がいっぱいだったのでございます」

それが……と秋児は顔を曇らせた。

「害が出たのか」

秋児はうなずく。

「さようでございます。といっても、わたくしどもが病《やまい》にかかる、怪我《けが》をするといったことではないのです。いえ、それよりも厄介《やっかい》なことに」

青い顔をして秋児《しゅうじ》はうなだれた。

「厄介とは？」

「繭がなくなったのでございます」

寿雪《じゅせつ》はいくらか拍子抜《ひょうしぬ》けした。

「それが厄介なことなのか？」

「わたくしどもにとっては大事でございます。あの蚕室で育てられる蚕は鶴妃《かくひ》さまのものであり、ひいては陛下のものでございます。一頭たりとも無駄に死なせてはなりません。ましてや紛失するなどもってのほかです」

「どれほどなくなったのだ？」

「いまのところ二頭でございます」

「わずかそればかりの蚕がなくなったというのが、わかるのか？　蚕室ではたくさんの蚕を育てておるのであろう」

「幼虫のころでしたらさすがにわかりませんが、熟蚕《じゅくさん》と申しまして蚕が繭を作る準備が整いますと、蔟《まぶし》という藁《わら》で編んだ繭作り用の場所へ蚕を移します。ひと枡《ます》に一頭ずつ入れていきますので、そこにできた繭がなくなればわかります。なくなった繭は、繭が完成してあとは毛羽をとるばかりになっていたものですが、それが昨日、ふと目を外した隙《すき》になくなってしまったのです……」

「それが幽鬼のしわざだと？」

「もちろん、最初はなにかの拍子に蔟《まぶし》から外れて落ちてしまったのかもしれない、と台や床のみならず部屋じゅうをさがしました。宮女たちの衣《ころも》も調べました。でも、出てきません。そうしたなか、そういえば、と言いだした宮女がいたのです。彼女が言うには、繭が紛失する前に、幽鬼が現れていたと。例の幽鬼か、と思ってほかの者とおなじように放っていたと言うのですが……。幽鬼が繭をとるところなど見てはおりませんが、ほかになくなりようがないのです。わたくしどもは部屋に入ってから紛失が発覚するまで誰も外に出ておりません。それでも部屋からも衣からも繭は出てきておりません。ですから、わたくしどものうちの誰かがとったということはあり得ないのです。そもそも、繭がなくなれば処罰されるのはわたくしどもですから、そんな真似をするはずがないのです」

「たしかに」それはそうだろう、と寿雪《じゅせつ》もうなずく。

「まだ繭を集める前ですので、繭の数は鶴妃《かくひ》さまに報告されておりません。ですので、死んだことにしようと皆で決めました。――あの」

秋児《しゅうじ》はちらりと寿雪《じゅせつ》をうかがった。

「鶴妃《かくひ》に言いつけはせぬ」

すかさず言うと、秋児はほっとした様子で話をつづけた。

「ですが、また幽鬼が現れて、繭をとっていったら……明日からは完成した繭を集める作業があります。繭を集めて、上繭《じょうけん》とくず繭《まゆ》に分けたあと、上繭のうちからなくなることがあれば、もうだめです。数を数えておりますので、ごまかせません」

そうなれば処罰が待っている。だから厄介なことになったと言うのである。

「蚕に祟られて死んだ宮女の幽鬼が、蚕の繭をとってゆく、と……」

寿雪はつぶやく。

「こたびの紛失をごまかせても、このさきもつづけば難しかろうな」

「はい。鶴妃さまの蚕室では春、夏、秋の三度、蚕を育てます。もしまたおなじようなことがあったらと思うと、身の細る思いでございます」

秋児は袖《そで》で顔を覆《おお》った。ふむ、と寿雪は考えこむ。

「まことに幽鬼のしわざであれば、悠長《ゆうちょう》に幽鬼の事情をさぐっていては後手に回るか。ひとまず蚕室に結界を作って、幽鬼が現れぬようにすることはできようが……」

「ほんとうでございますか」

秋児《しゅうじ》が顔をあげる。

「幽鬼を見てみぬことにはなんとも言えぬ」

「ええ、それは、ぜひとも」

秋児は寿雪《じゅせつ》の手をとらんばかりに喜んだが、すぐにまた表情を陰らせる。

「烏妃《うひ》さま、もうひとつ問題が」

「なんだ？」

「なくなった繭です。あれが真実、消えてしまったというならまだいいのですが、幽鬼がどこかへ持っていってしまったなら、困ったことに」

「なにゆえ」

「あの蚕室にいるのは賀州《がしゅう》の蚕です。この地方の蚕ではございません。万一あの蚕が羽化して、この辺りの野蚕《やさん》や家蚕《かさん》と交雑するようなことがあっては困るのです。品種が乱れます」

「ああ……なるほど」

そんな問題もあるのか、と思う。

「では、その繭の行方《ゆくえ》をさがしてほしい、ということか」

「繭はあと十日あまりで羽化するでしょう。それまでに見つけないと……」

秋児《しゅうじ》は顔を覆ってしまった。突然ふりかかった災難にそうとう参っているようだ。

「晩霞《ばんか》に――鶴妃《かくひ》には事情を話してもよいと思うが。彼女であれば厳しい処罰を与えはせぬであろう」

「……鶴妃さまは、たしかにそうかもしれませんが……」

秋児は言葉を濁し、下を向く。「お父上が」

「晩霞の父？　沙那賣《サナメ》の当主か」

「はい……」秋児は視線をさまよわせる。「鶴妃さまのお父上は厳しいかたで、鶴妃さまは逆らえません。お父上が厳罰に処すべきだと命じれば、そうなさるでしょう」

――晩霞に、己《おのれ》の命か養女の命か選べと言い放った男だ。

当主の末娘は十五の年に必ず死ぬという、沙那賣にかけられた神の呪い。それを避けるために晩霞の下に養女が迎えられた。その養女を助けてくれと懇願《こんがん》した晩霞に、ならば己が死ぬことを選べと彼女の父は言ったのだ。結果、養女は死に、晩霞は生きている。わが娘にそんな選択を強《し》いる沙那賣朝陽《ちょうよう》とはどんな男なのだろう、と寿雪《じゅせつ》は思う。

秋児は袖で口を押さえた。

「よけいなことを申しました。どうかお忘れください」

寿雪は明日、蚕室に向かうことを約束し、秋児は帰っていった。

「鶴妃《かくひ》さまは鷹揚《おうよう》なかたのようですのに、お父上はよほど厳しいんですね。宮女まで怖がるくらいに」

黙って控えていた九九《ジウジウ》が、ようやくしゃべれるとばかりに口をひらいた。

「妃の挙動には実家の意向がいくらか反映されるものではあろうが……」

寿雪《じゆせつ》は格子窓《こうしまど》のほうに顔を向ける。そうしたところで泊鶴宮《はっかく》が見えるわけではないが。

晩霞《ばんか》が——泊鶴宮が沙那賣《サナメ》朝陽《ちようよう》の意のままであるとするなら、考えものである。

——高峻《こうしゆん》は当然、わかっているのであろうが。

考えの読めない若き帝《みかど》の顔を思い浮かべる。妃のこともその実家のことも、寿雪があれこれ心配することではない。もとより烏妃《うひ》に外のことは関係ない。

「……」

寿雪は窓の外に溶けて広がる夜の闇に、じっと目を凝《こ》らした。

泊鶴宮の向こうに、青々とした桑の林が見える。

「あれか」

寿雪がつぶやくと、背後で温螢《おんけい》が「はい」と答える。寿雪は朝から温螢を伴い、蚕室へと向かっていた。

「桑林は前王朝時代からのもので、蚕室がないあいだも手入れだけはされていたそうです」

「なにゆえ後宮で蚕を育てるのであろう」

「後宮というより、宮城《きゅうじょう》内ですね。外廷《がいてい》にも蚕室があります。そこで品種の改良や研究がなされているという話です。もとはそこで帝や王族のための生糸を作っていたのです」

「では後宮の蚕室は、后妃《こうひ》のためか」

「そうです。かつては大きな蚕室だったそうですが」

温螢《おんけい》がそう言うので、寿雪《じゅせつ》はこぢんまりした小屋のような建物を想像していた。が、目の前に現れた蚕室は、なかなかに立派な建物だった。たしかに妃の宮《みや》のような壮麗さはないが、瑠璃瓦《るりがわら》を葺《ふ》いた御殿が三棟《さんとう》並び、周囲は築地塀《ついじべい》に囲まれている。手前の棟《むね》からは立ち働く宮女たちの物音や声が聞こえ、奥の棟では宦官たちが薪《まき》の束を抱《かか》えて忙《せわ》しなく行き来している姿が見えた。

「奥は貯桑室《ちょそうしつ》で、手前が蚕室です」

温螢が説明する。衛青《えいせい》の命《めい》であちこちに間諜《かんちょう》として出入りしていた彼は、たいていのことを知っているので助かる。涼やかな目をした、頰に走る一文字《いちもんじ》の刀傷すら装飾に思える美しい宦官だ。彼は護衛としてもかなりの手練《てだ》れであるが、よく気が回るうえ万事において影のように控えめで、やることなすこと無駄がなく、従者としてもたいへん有能だった。

寿雪《じゅせつ》は蚕室だという手前の棟に向かう。階《きざはし》をあがる前に戸がひらき、なかから宮女があわてたように出てきた。秋児《しゅうじ》である。

「お越しに気づかず申し訳ございません、烏妃《うひ》さま。外の様子には気をつけていたのですが、宦官かと思い……」

「それでよい。遠目で気づかれてはまずかろう」

泊鶴宮《はっかくきゅう》の者に勘づかれぬよう、寿雪は宦官の格好をしてきた。やはり便利である。着飾らせたがった九九《ジウジウ》は文句を言っていたが。

蚕室をうかがうと、宮女たちは繭を集める作業をしていたようだった。彼女たちは烏妃と聞き、手をとめその場に膝をついて揖礼《ゆうれい》する。

「作業をつづけよ。ほかの者に怪《あや》しまれよう」

は、と宮女たちは素直に作業に戻る。棚と長几《ながづくえ》が並び、長几の上には藁で編んだ蛇腹状《じゃばら》のものがのせられていた。そこに繭がかかっているのを見ると、昨夜、秋児が言っていた蔟《まぶし》という繭を作らせるための道具だろう。宮女たちはそこから繭を外し、盆にのせている。

「いまは収繭《しゅうけん》という作業をしております。このあと繭のまわりの毛羽をとって、上繭とくず繭に選り分けます。糸にするのに適しているか、いないかの違いです。二頭でひとつの繭になっている同功繭《どうこうけん》や、繭の薄いもの、穴の空《あ》いたもの、繭のなかで死んだ蛹が腐っているもの、尿や体液で汚れたもの、蔟《まぶし》の跡がついてしまったもの……そんな繭を除きます」

秋児《しゅうじ》が説明する。

「さらに上繭は糸をとるものと産卵のために羽化させるものとに分けられます。とった糸は鶴妃《かくひ》さまに捧げられますが、その後、鶴妃さまから陛下に献上されます」

「上繭に選り分けられたら、ひと粒たりともなくせぬわけだな」

はい、と秋児は目を伏せる。つまり猶予《ゆうよ》はない。寿雪《じゅせつ》は髪に手をやり、いつもと違い花を挿《さ》してないことに気づく。宦官の姿になることはたびたびあるのに、つい忘れてしまう。

するりと手を前に出し、手のひらの上に熱を集めた。薄紅《うすべに》の靄《もや》が揺らめき、もつれて絡《から》み合う。一枚、また一枚と靄は花弁に変じ、牡丹《ぼたん》の花を形作る。寿雪はそれにふうと息を吹きかけた。

花は煙となって散じる。辺りを泳ぐようにただよい、宮女たちの合間をさまよう。

薄紅の煙は次第にひとところに集まり、ひとの形をとりはじめた。女の姿だ。髻《たぶさ》に簡素な簪《かんざし》を挿し、白い細面《ほそおもて》には筆で引いたような形のよい眉と瞼《まぶた》の薄い目が並ぶ。細い体を包む長衣はいまの装束《しょうぞく》ではないが、質素ながら品よく整えられた風体《ふうてい》は宮仕《みやづか》えの者らしく見えた。

秋児《しゅうじ》が小さく声をあげて、あわてて口を袖で覆う。

「わ——わたくしが見た宮女の幽鬼でございます」

ほかの宮女たちも手をとめ、目をみはって幽鬼を見つめる。

そんななか、幽鬼がつと動いた。音もなく、扉に向かって歩きだしたのである。寿雪《じゅせつ》は半身さがり、幽鬼に道を譲る。幽鬼は扉に吸いこまれるようにして消えてしまった。

——外に出たのだ。

「う、烏妃《うひ》さま——」

「追うぞ」

秋児が言いかけたのを遮《さえぎ》り、寿雪は温螢《おんけい》に短く声をかける。温螢はすばやく扉をあけた。

外に出ると、門を出ようとする幽鬼のうしろ姿が見える。寿雪はそのあとを追った。足音も衣擦《きぬず》れの音もしないが、幽鬼の足取りは生きているものと変わりない。生者と違うのは、衣の裾《すそ》が翻《ひるがえ》ることも、袖が揺れることもないところだ。こんな幽鬼は、宮女のあいだにただ佇《たたず》んでいるだけならば、隣にいる者すらきっと幽鬼だと気づかない。後宮に数多《あまた》いる宮人のなかには、ひょっとしたら生者のふりをした幽鬼が紛れこんでいるかもしれない。

宮女の幽鬼は蚕室を離れ、さらに北のほうに向かっていた。後宮の外れである。この辺りは手入れされずに放置された木々が野放図《のほうず》に生《お》い茂り、ひと気もない。

幽鬼を追うがまま進んでいた寿雪《じゅせつ》は、ややひらけた場所に出て足をとめた。こんもりとした小さな塚《つか》のようなものがある。苔《こけ》と草に覆われたその前に、幽鬼が佇んでいた。さしこんだ陽《ひ》が塚を照らし、苔がうっすらと輝いている。眺めていると、幽鬼はその塚に溶けこむようにして消えていった。

——この塚はなんだ。

あの幽鬼の塚ではあるまい。一宮女の塚が後宮内にあるとは考えにくい。

「これは誰の塚だ？」

温螢《おんけい》をふり返るが、めずらしく彼にもわからないようだった。

「調べます」

「頼む」

短いやりとりを交わして、寿雪は周囲を見まわした。辺りは木々に囲まれている。蔦《つた》の絡《から》む古木もあれば、旺盛に葉の茂る若木もあり、すでに朽《く》ちて倒れた木もある。静かだ。下草が踏みしだかれているところを見ると、まったくひとが来ないわけでもないらしい。塚にお参りに来るのだろうか。ひととおり様子をたしかめたあと、寿雪は蚕室に戻った。

さきほどの部屋の前で、秋児《しゅうじ》ひとりが手持ち無沙汰《ぶさた》な様子で立っていた。ほかの宮女たちは、繭の毛羽とりのために別室に移ったそうだ。

幽鬼の姿が塚に消えたことを話したが、秋児《しゅうじ》もその塚について知らなかった。塚があること自体、初耳だという。

「後宮の外れのほうはおそろしくて、女の身ではよほどの用がないと行けませんので……」

たしかにそうだろう。

「あの幽鬼を蚕室に入れぬようにすることは簡単なのだが」

寿雪《じゅせつ》は言葉を切り、しばし考えを巡らせた。それですむ話ではない。繭も見つけねばならないのだ。

秋児は「ぜひお願いします」と寿雪を伏し拝んだ。寿雪は神ではないのだから、拝まれても困る。

「……まあ、よかろう。ひとまず結界を作る。あとは塚のことがわかってからだ」

ふところから軸に巻きつけた縷《いと》をとりだす。外廊《がいろう》に出て、温螢《おんけい》に「これを持っていてくれ」と縷の端を持たせると、それを床に這《は》わせながら蚕室をぐるりと一周する。最後に端と端を結び合わせれば、結界ができる。これまでにもたびたび用いてきた術だ。烏妃《うひ》の術ではなく、巫術師《ふじゅつし》の術である。

先代烏妃の麗娘《れいじょう》から教わったものだが、巫術師が後宮に出入りできたという前王朝時代には、こうしたことは巫術師の仕事だったのだろう。重宝《ちょうほう》されたに違いない。

——いや、重宝されたなどという程度ではあるまい。

宝物庫の番人、羽衣《うい》の言葉が脳裏をよぎる。

——烏漣娘娘《うれんにゃんにゃん》に対する万一のさいの防御のためでございます。

——対抗する力がなくては安心できぬと……。

前王朝時代、巫術師が重用されていたのには、おそらくしかるべき理由があるのだ。

「縷《いと》はなるべく踏まぬように。踏んでも切れねば大事ないが」

秋児《しゅうじ》にそう注意して部屋を出る。すると外では宮女たちが待っていて、一様にひざまずいた。寿雪《じゅせつ》は困惑《こんわく》する。

「ありがとうございます、烏妃《うひ》さま」

「たいしたことはしておらぬ。大仰《おおぎょう》なことはやめよ。言うたであろう、外に知られて困るのはおぬしたちだぞ」

それでも宮女たちは寿雪が門を出るまで立ちあがらなかった。どうも泊鶴《はっかく》宮の宮女たちは、晩霞《ばんか》を助けた一件から、烏妃をとりわけ神聖視しているふしがある。そんなたいそうなものではないというのに。

「あとは繭か……」

蚕室を離れてから寿雪《じゅせつ》は一度足をとめ、ふり返った。桑林のやわらかな緑が秋の陽に照り映《は》えている。ところどころ、枝が刈りとられた区画があるのは、蚕の餌《えさ》のためだろう。

——失せ物さがしは得意だが……。

繭となると勝手が違う。持ち主がいないからである。持ち主から失せ物をたどるのは難しくない。しかし、繭は……。

「温螢《おんけい》」

寿雪は桑林に目を向けたまま、温螢を呼ぶ。

「塚に加えて、調べてほしいことがある」

は、と短い返答があった。

その晩は、めずらしく先触れがあった。

「まもなく大家《ターチャ》が渡御《とぎょ》なさいます」

夜明宮《やめいぃ》に少年宦官がそう告げに来た。まだ初更《しょこう》（午後七時—午後九時）にもならぬころである。

わざわざ先触れなど面倒な、と思ったが使いの宦官に言ったところでしかたないので、寿雪は「そうか」とだけ返した。少年宦官は部屋の片隅で星星《シンシン》に餌をやっていた衣斯哈《イシハ》を見つけ、『あっ』という顔をした。衣斯哈《イシハ》も同様の顔をする。「顔見知りか？」と衣斯哈に問えば、「凝光殿《ぎょうこうでん》で一緒だった子です」と言う。一時期、衣斯哈は高峻《こうしゅん》の住まいである凝光殿で小間使いをしていたのである。

仲がよかったのか、ふたりはにこにこしている。かわいらしい。立場を思い出したようで、少年宦官はあわてて「失礼しました」と揖礼《ゆうれい》して下がろうとする。寿雪《じゅせつ》は盆にのせてあった茹《ゆ》で栗《ぐり》をいくつか、彼の小さな手に握らせて帰した。衣斯哈が喜ぶのであれば、今後あの子を先触れの使いにしてもらってもいいかもしれない、と思う。同時に、それが烏《う》妃《ひ》のすることか、と自問する。心は覚束《おぼつか》ない。

九九《ジウジウ》は茶の用意をしに厨《くりや》へ走っていった。衣斯哈は部屋にさがらせる。そういう頃合いを見計らって来るのだろう、高峻が夜明宮に着いたとき、ちょうど茶の用意が整った。

「変わりないか」

やわらかな湯気の立つ茶をひとくち飲んで、高峻は静かに問うた。彼の声音はひっそりとして、だがほのかなぬくもりを伴っている。冬の陽のような。

「なにも変わらぬ」

寿雪のそっけない返事にも高峻の表情は動かず、うしろに控えた衛青《えいせい》の眉がひそめられただけだった。そちらに目を向けると、衛青はふいと顔を背《そむ》ける。いつもなら噛みつきそうな目でにらんでくるところである。にらんでこないのであればそれでいいが。

几上《きじょう》には高峻《こうしゅん》の持ってきた蓮《はす》の実の砂糖漬けがある。彼がたびたび持ってくる、寿雪《じゅせつ》の好物である。白い糖衣にくるまれた実をひとつ口に放りこみ、寿雪は高峻の顔を眺めた。

「……おぬしはどうなのだ」

ぽつりと問うと、

「私か」

高峻は意外そうに寿雪の目を見返した。

「おぬしが訊いたから、わたしも訊いてみたまでだ」

「そうか。そうだな、私のほうは……」

思案《しあん》げにやや下を向く。真面目《まじめ》に返答を考えているのが彼らしい。

「梟《ふくろう》との会話がどうにもままならぬので困っている」

——梟。

寿雪を殺そうとした幽宮《かくれのみや》の劊子手《グイヅシオウ》（首切り役人）。そして烏《からす》の兄だ。寿雪に閉じこめられているという烏の——。

「……ままならぬとは」

梟はいま、幽宮の牢につながれているという。こちらに干渉《かんしょう》してはならぬという禁を破ったからだそうだ。そこで梟は大海螺《おおまきがい》を使いにして、声を届けている。声は梟から傷を受けた高峻《こうしゅん》にしか聞こえない。

「あれは潮の満ち引きや浪《なみ》に左右されるようでな。私がそばにいられるときにちょうど声が届くとは限らない。かといって持ち歩くわけにもいかぬし」

小さな貝ならともかく、大海螺である。持ち歩いて、あまつさえ話しかけている姿を周囲に見られてはまずいだろう。すわ乱心かと疑われかねない。

「……そもそも梟はわたしたちに解決策を求めてきたくらいなのだから、こちらから尋《たず》ねることなどないのではないか」

知恵を出せ、と梟は言ったという。寿雪《じゅせつ》を殺すことなく烏を救いだす方法を考えろと。

「そうでもないだろう。あちらが当然知っていて、こちらが知らぬことはあるはずだ。それをたしかめるためにも会話を重ねたいのだが……」

「そのようなことを言われても、わたしにわかるわけなかろう」

「そなたが訊くので答えたのだが」

「訊いたのはそういうことではない」

「では、なんだ」

寿雪は答えにつまる。――なんだろう。わたしはどんな答えが聞きたかったのか。

「……おぬしのことを訊いたのだから、おぬしのことを答えるべきであろう」

「答えたつもりだったが」

「梟のことなど訊いておらぬ」

「難しいな」

高峻《こうしゅん》は淡々と返すが、すこしばかり考えるように黙ったあと、口をひらいた。

「私自身は、そなたとおなじだな。特段変わったことはない。最近はよく眠れているし、元気だ」

「そうか」

なにを聞きたかったのか自分でもよくわからないので、寿雪《じゅせつ》はただそれだけ言った。だが、高峻のいまの言葉を聞いて気がすんだ。たぶん、最初にこれを聞きたかったのだ。高峻は、自分のことを進んで話さない。

「近々、沙那賣《サナメ》の当主が賀州《がしゅう》からやってくるのでいろいろと忙《せわ》しなくはあるが」

「沙那賣朝陽《ちょうよう》が、京師《けいし》に？」

「そうだ。蚕種《さんしゅ》を献上しに」

蚕種というのは蚕の卵だそうだ。

「賀州の蚕のか。生糸ではなく卵を献上するのか」

「先般の一件に対する埋め合わせの一環だな」

蟄居《ちっきょ》していた当主の叔父《おじ》が、利権を取り戻すべく画策《かくさく》していた一件である。結局、過去の不正や殺人の罪まであまさず露見することになって、その叔父は朝陽《ちょうよう》に首を刎《は》ねられたと聞く。中央に納めるはずの租《そ》を誤魔化していたせいで、沙那賣《サナメ》一族はずいぶん重い懲《ちょ》罰《うばつ》を受けるはめになったのだ。

「沙那賣の蚕種は喉《のど》から手が出るほど欲しかったのだが、門外不出だった。無理にとりあげるわけにもいかぬのでな。この件で思いがけず手に入れることができてよかった」

ということは、この件を盾《たて》に要求したということなのだろう。高峻《こうしゅん》は涼しい顔をしているが。

「賀《が》州の生糸は、ものがよいからか」

「光沢《こうたく》の質がよくて丈夫だ。宮廷の蚕室でも長らく探究しているのだが、ほかの蚕ではどうしてもあの艶《つや》が出ない。献上される蚕種は沙那賣の蚕のなかでも最上級のものだ。それをもとに更なる改良を重ねて、いずれ霄《しょう》の蚕品種を統一したい」

口ぶりは淡々としているが、おそらく意欲的なのだろう。めずらしく長く語るな、と寿《じゅ》雪《せつ》は思った。同時に寿雪の気にとまったのは、沙那賣の蚕種は喉から手が出るほど欲しいものであるという点だった。

――沙那賣《サナメ》の蚕というのは、思った以上に価値があるのだな。

「後宮にも蚕室があるのだが」

高峻《こうしゅん》の言葉に、寿雪《じゅせつ》は内心ぎくりとした。蚕室の幽鬼、ひいては繭の紛失の件は無論、高峻には秘密である。それだけ価値のある繭ならなおのこと。

「いまの蚕室で飼われているのは、沙那賣の蚕だ。鶴妃《かくひ》が管理している」

「ほう」寿雪はよけいなことは口にせず、相づちだけ打った。

「賀《が》州にいるころには鶴妃も蚕の世話をしていたそうだ。蚕の生態にも詳しい」

「ほう……」そういえば九九《ジウジウ》もそんなことを言っていたか。「そうなのか」

「知らなかったか。そなたは鶴妃と親しいのであろう」

「このところ会っておらぬ」

誘われぬかぎり、寿雪がほかの宮に行くことはない。以前はたびたび晩霞《ばんか》からの誘いがあったが、最近は途絶えている。

「そうか。ここしばらく気分のすぐれぬことが多いようだ。見舞いに行ってやるといい」

「具合が悪いのか？」

呪詛《じゅそ》の一件が頭をよぎった。あれが尾を引いているのだろうか。が、高峻は「いや」と否定した。

「気鬱《きうつ》のようだ。急に涼しくなってきたからな。そのせいだろうという」

「おぬしは見舞いに行かぬのか」

「行っている。文《ふみ》も交わしている」

そうだった。高峻《こうしゅん》はまめなたちだった。

「今日もこれから行くところだ」

「ならば、さっさと行ったがよかろう。わたしに見舞いはいらぬのだから」

「長居するつもりはなかったが、そなたの顔を見たかったのでな」

ときおり寿雪《じゅせつ》は、高峻のひとことに立ち尽くすような心地を覚えることがある。そういうときは、返事ができない。

高峻は腰をあげる。その顔を眺めても、ふだんと変わらぬ無表情で、感情が読めない。

扉に向かいかけて、「そうだ」とふり返る。

「封一行《ほういちぎょう》だがな」

前王朝時代に皇帝付きの巫術師だった老爺《ろうや》である。梟の使い部《べ》・宵月《しょうげつ》を後宮に送りこんだかどで追われていたのだが、先ごろ花街《かがい》で捕まった。

「熱もさがって、快方に向かっている。近々会えるだろう」

捕まったさいにすこしばかり雨に打たれたせいか、はたまた心労のせいか、封は寝こんでしまったのだ。老体ゆえ、軽い病でも油断できない。監視と看病をかねて内廷《ないてい》に移されていた。

快方に向かっていると聞いて、寿雪《じゅせつ》はほっとした。巫術師のこと、烏妃《うひ》のこと、訊かねばならぬことは山ほどある。

「また来る」

短く言って、高峻《こうしゅん》は今度こそ扉から出ていった。寿雪は立ちあがり、扉を細めにあけて、立ち去る高峻や宦官たちの列を見送る。陽は沈み、宦官たちの提《さ》げた灯籠の明かりが薄闇にぼんやりと揺れていた。

寿雪はしばらくその場に佇み、遠ざかってゆく明かりを眺めていた。ふと、べつの方向から近づいてくる明かりがあるのに気づき、目を凝らす。灯籠の光に浮かびあがっているのは、宮女の姿だ。

――秋児《しゅうじ》。

寿雪は階《きざはし》をおりて彼女のもとに向かった。寿雪に気づき、秋児はあわてて膝をつく。

「う……烏妃さま」

「どうした。幽鬼が出たか」

「いえ、違うのです、あの」

秋児《しゅうじ》の顔はほのかな光でもわかるほど青ざめ、声は震えていた。変事が出来《しゅったい》したことを物語っている。

だが、彼女の口から出た言葉は、予想外のものだった。

「――こたびのわたくしがお頼みしました件は、なかったことにしていただきたいのです」

「なに?」

「あの幽鬼のことは、もう放っておいてくださいまし。どうか――」

寿雪《じゅせつ》は眉をひそめる。

「いったい、なにごとだ。なにがあったか申してみよ」

「いえ、なにもございません。お許しくださいませ」

何度も「お許しください」とくり返し、しまいに秋児は逃げるように走り去っていった。

寿雪は黙ってそのうしろ姿を眺める。なにもないわけがない。

――なにが起こっている?

翌朝、寿雪はふたたび宦官の服に身を包み、蚕室に向かった。あんな怯《おび》えた姿で放っておいてくれと言われても、そうかと手を引けるわけがない。

蚕室に向かうにあたって、誰を供にするかで少々もめた。

「昨日は温螢《おんけい》だったんですから、今日は俺をつれていってくださいよ」

淡海《たんかい》がそう言いだしたからだ。すると黙ってないのが九九《ジウジウ》である。

「淡海さんをお供にするくらいなら、あたしをつれていってください」

「くらいなら、って。あんたじゃ護衛にならないだろ」

「淡海さんじゃ不安なんです、怠《なま》け者だから」

九九はどうも淡海と折り合いがよくないらしい。言い合いにつきあっていると出かけられそうになかったので、寿雪《じゅせつ》は「温螢をつれてゆく」と決めて出てきた。九九は「温螢さんが行くならいいです」とあっさり引きさがったが、最後までぶうぶう言っていたのは淡海だった。

「申し訳ありません。淡海はあとで叱《しか》っておきます」

蚕室に向かいながら、温螢が謝る。

「べつに淡海を加えてもよいのだが、よそ者が三人もいてはさすがに目につきそうなのでな」

「じゃあ目立たないようにしてますよ」

横合いから急に声が割って入って、寿雪は足をとめた。木立のあいだから淡海が現れる。

「ついてきたのか」寿雪《じゅせつ》はいくらかあきれた。

「淡海《たんかい》」温螢《おんけい》が抑えた声音で呼ぶ。抑えたぶん、強い叱責《しっせき》がこもっているのがわかる。おなじように衣斯哈《イシハ》が呼ばれたら、べそをかくだろう。

「だって娘娘《ニャンニャン》、俺の役目は娘娘の護衛ですよ。それなのにそう何度も置いていかれちゃ、意味がありません。ひとり残されるのもさびしいですし」

さびしい、と言われると寿雪は悪いことをしたようで気が差す。

「……目立たぬようにするなら、ついてきてもかまわぬ」

「もちろんです、娘娘。俺は役に立ちますよ」

「淡海……」温螢の押し殺した声はますます冷ややかさを帯びる。が、淡海は素知らぬ顔で並んで歩きだした。

淡海は己の欲求に忠実だ。温螢が自制のきいた控えめすぎるほどの従者なので、よけいにそう映る。いままで寿雪の周囲にはいなかったたぐいの人間だ。淡海は、これがしたい、あれが欲しい、という欲求をはっきりと自覚している。それは寿雪にはないものだった。慣れないゆえに扱いかねているところもあるが、いっぽうで興味もあった。高峻《こうしゅん》などはいくらか淡海の奔放さを見習ったほうがいいとも思う。

「温螢、あの塚はどうであった?」

　歩きながら寿雪《じゅせつ》は尋ねる。

「古参の宦官が知っていました。あれは蚕塚《かいこづか》だそうです」

「蚕塚？」

「かつては育てる途中で死んだ蚕や、糸をとるさいに出る蛹の死骸などを捨てる場所だったのですが、それが蚕を祀《まつ》る塚になったそうです」

「蚕の墓場だったのだな」

「はい。いまは蛹を養鯉商《ようりしょう》に売り払っているので、捨て場は必要ないそうです」

「養鯉商に？」

「いい餌になるそうです。毎回、袋につめた蛹の死骸を蚕室付きの宦官が運びだしています」

　蚕の蛹が魚の餌になるとは、知らなかった。捨てるよりずっといいだろう。

「蚕塚の幽鬼か」

　寿雪はつぶやく。蚕塚に棲《す》み、蚕室で蚕の世話をする。死後も蚕に祟られているのか？

　――それにしては、澄んだ幽鬼だった。

　淀《よど》んだところのない、恨《うら》みもかなしみも身にまとっていない幽鬼だった。ただ黙々と蚕を世話し、それがすんだら塚に帰ってゆく。静かな幽鬼だ。

「……もういっぽうの件は、どうだ？」

寿雪《じゅせつ》は塚に加えてもうひとつ、温螢《おんけい》に調べを頼んでいた。

「蚕室で働く宮女は十五名、最も忙しい時期にはさらに五名追加されます。これらの者は皆、泊鶴宮《はっかくぐう》の宮女で、蚕の世話がないときはそちらに戻っています」

「賀州《がしゅう》の者たちではないのだな？」

「違います。京師《みやこ》の商家や近在の豪農、士大夫《したいふ》の息女ばかりです。世話係の中心は豪農の娘たちです。農家では養蚕《ようさん》も行っているところが多いですから。彼女たちは鶴妃《かくひ》さまから直々《じきじき》に賀州の蚕の育てかたを教わったそうです」

「そうか。半日でよく調べてくれたな」

ありがとう、と礼を言う。温螢はほんのすこしほほえんだ。

「ははあ。娘娘《ニャンニャン》は、宮女たちがあやしいとにらんでいるわけですか」

淡海《たんかい》が口をはさんだ。

「繭の紛失は幽鬼じゃなく、宮女のしわざだと踏んでるんだ。そうでしょう？」

察しがいい。寿雪は温螢に、蚕室勤めの宮女たちの身元を調べさせたのだった。

「あの幽鬼が繭をかすめとってゆくのなら、もともとそういう噂になっているはずだ。だが、そうではない。幽鬼は蚕の世話をしに現れるだけだ。そして賀州の……沙那賣《サナメ》の蚕は価値が高い。繭は幽鬼の噂を利用して何者かが盗みだしたと見るのが妥当《だとう》であろう」

「それができたのは世話をしていた宮女だと」

「繭がなくなったのは宮女たちが世話をしているさなかのことだ。ほかの者には難しい。紛失当時、部屋も宮女の衣も調べたというが、隠しようはあったであろう。よそ者がとっていったと考えるよりも理にかなう」

「では、これから宮女たちを締めあげるんですね？」

「そんな真似はせぬ。まず話を聞かねばならぬ宮女がおるであろう」

「年秋児《ねんしゆうじ》とやらですか」

「いいや。──温螢《おんけい》」

　は、と温螢は心得たようにうなずく。

「繭が紛失《じゆせつ》した当日、幽鬼を見たという宮女が誰かはわかっております」

　寿雪は笑みを浮かべた。温螢はよくわかっている。

「その宮女が繭を盗んだと？」

　淡海《たんかい》の問いに、

「もし繭をとったのが宮女であるなら、現れた幽鬼のせいにしてしまえばよい」

　と寿雪は答える。

「でも、実際に幽鬼はいるわけですし、その日現れたっておかしくないですよね。幽鬼が現れた騒ぎに乗じて、ほかの宮女が盗んだということも――ああ、幽鬼がいたとその宮女が言いだしたのは、繭の紛失がわかってからでしたっけ」

それじゃ意味がないな、と淡海《たんかい》は自分で答えを出す。

「そのとおりだ。騒ぎに乗じて、というなら幽鬼が出たとその場で騒いでひと目をそらしておるであろう。だが、実際にはそんな騒ぎは起こっておらぬ。紛失が発覚してからはじめて、幽鬼を見たことを申し出ておる」

「それで、繭を盗んだうえで幽鬼のしわざにしようとしているのではないか、と」

淡海の言葉に、「かもしれぬ、という話だが」と寿雪《じゅせつ》は答え、それから温螢《おんけい》に問うた。

「その宮女の身元は？」

「豪農の娘です」

「では、養蚕農家にも伝手があろうな」

「養蚕農家に伝手がなければ、繭のひとつやふたつ手に入れたところで仕方ない。羽化して繁殖させることもできないのだから。

「なくなった繭の雌雄《しゆう》はわからぬが、養蚕農家の蚕と交雑させれば蚕種が手に入る。沙那《サナ》賣《メ》の蚕の血を引く蚕種が。あるいは、もし繭が雌雄の対《つい》であれば、混じりけない沙那賣の蚕種が。――門外不出の沙那賣《サナメ》の蚕が流出することになる」

「……大事になってきましたね」淡海《たんかい》が頭をかく。

「大事だ。沙那賣朝陽《ちょうよう》の来訪を控えているさなかに。もし繭がもう外に持ちだされていたら非常にまずい」

だが、ここは後宮だ。外と接触できる機会はそうそうない。おそらく繭はまだどこかに隠してあるはず。

「大家《ターチャ》に――いや、まず鶴妃《かくひ》か、とりあえず知らせたほうがいいのでは」

「宮女のしわざかどうか、たしかめたらそうする。秋児《しゅうじ》のことも気にかかる」

「幽鬼の件はもういいと言ってきたんでしたっけ、急に」

「そうだ。――どう思う？」

「そりゃ、そういうときは決まってますよ」

淡海は薄く笑った。

「脅《おど》されたんでしょう」

蚕室の手前で、寿雪《じゅせつ》たちは二手に分かれた。秋児に気づかれぬよう、まず温螢《おんけい》がくだんの宮女を呼んでくる。寿雪と淡海は目立たぬ殿舎の裏手でそれを待つことにした。

昨日と違い裏門にまわり、ひと目につかぬようなかに入る。正門から見て奥にあたる殿舎では、今日も宦官たちが働いていた。扉をすべてあけ放ち、掃除しているようだ。桑の枝を外に運びだしている者もいれば、箒《ほうき》を手に床を掃いている者もいる。

「ここは貯桑室だったたか」

「そうですね。蚕の世話が終わってますから、掃除してるんでしょうね」

桑の枝をまとめて紐《ひも》でからげている宦官のひとりに、寿雪《じゅせつ》は声をかけた。小柄で年若い、なかなか見目のすぐれた宦官だった。妃の宮付き宦官というのは、おおよそ見栄《みば》えのする者が選ばれる。彼は寿雪をよその宦官とでも思ったのか、「なに？」と汗をふきふき、気安く返事をした。

「その枝は捨てるのか？」

「まさか」と宦官はぱっちりとした目を見ひらいた。「後宮内のものは、ひとつだって無駄にしてはいけないんだよ。大家《ターチャ》のものなんだから。これは染料にしたり、焚《た》き木にしたりするんだ」

「なるほど。それで蛹も鯉の餌になるのか」

「そうそう」

宦官はからげた枝の束をかついで、門のそばまで運んでゆく。そこに桑の枝が積み重ねられていた。いろいろに利用されるものなのだな、と思いつつ、寿雪《じゅせつ》は蚕室の棟へ歩みを進めた。蚕が飼われていた部屋の辺りには、ひと気がない。もう蚕がいないからだ。反対に、べつの部屋からは盛んにひとの立ち働く物音が聞こえていた。

「選繭《せんけん》が終わったんなら、今日の作業は糸とりですかね」

淡海《たんかい》の言葉に、寿雪は足をとめた。

「おぬし、蚕のことに詳しいのか?」

「詳しいとまではいきませんけど、俺の生まれた家でも飼ってましたからね。大きな屋敷では自前の蚕室を作って、絹を調達するのが当たり前だったんですよ。うちの領……地方では」

――うちの領地、と言おうとしたのだ。

寿雪は淡海の顔を眺める。宦官になる前、淡海は盗賊だったと聞く。しかし、盗賊になる前に何者であったかまでは知らない。捕吏《ほり》に捕まったさい、その美貌によって宦官にされただけあって、きれいな顔をしている。それだけでなく、彼の顔立ちには気品があった。どこかの名家出身だったのかもしれない。彼自《みずか》らが言わないかぎり、詮索《せんさく》しないが。

「……糸とりというと、繭から糸をとるのだな」

寿雪は殿舎の裏手に足を向ける。

「湯で煮て、糸口をさがすんですよ。それで糸を引きだしてゆく。子供のころ見たことがありますが、あれは熟練の技ですね。なかの蛹は茹《ゆ》で殺します。繭を干すことで蛹を殺す方法もありますが、それだと独特の光沢が出ないとかで」

なるほど、部屋の格子窓から湯気が漏《も》れでていた。それを眺めていると、声をかけられた。

「娘娘《ニャンニャン》」

温螢《おんけい》だった。背後にひとりの宮女をつれている。例の宮女だろう。

「この者が繭がなくなった当日、幽鬼を見た宮女なのですが――」温螢はすこしばかり戸《と》惑《まど》ったような顔をしている。なんだろう。「その幽鬼について娘娘に話したいことがあると言うのです」

ん？　と寿雪《じゅせつ》は首をかしげる。――どういうことだ？

宮女は「万若萃《まんじゃくすい》と申します」と名乗り、揖礼《ゆうれい》する。昨日、蚕室で見た顔だ。眉尻のさがった、おとなしそうな娘である。繭のように白くなめらかな頬をしている。

「幽鬼について話したいこととは？」

「はい」と若萃はかしこまる。「あの……昨日すぐにお話ししたものかどうか、迷っていたのですが」

「なにをだ？」

「違っていたものですから」

「なにがだ」要領を得ない。

「ですから、あの——」要領を得ないのは、どう話せばいいのかわからないからのようだ。若苹《じゃくすい》はもどかしそうに手振りを交え、言葉を重ねる。

「幽鬼が、でございます」

寿雪《じゅせつ》はしばし黙る。

「——幽鬼が違っていた。つまり、おぬしの見た幽鬼と、昨日の幽鬼は別人であると、そう言いたいのか？」

「そうです、そうです」若苹は何度もうなずいた。

——どういうことだろう。

「繭がなくなったとき、わたくしどもは繭の様子を確認する作業をしておりました。蔟《まぶし》にひとつずつかかった繭の出来具合を見て、記録をつけるのでございます。どの飼育段階でもこの記録は大事にしております。以降の飼育において、より多くの上繭《じょうけん》を作る参考にするのです。その作業を一心につづけておりますと、ふと向かいにいる宮女の様子がどうも見慣れた誰かのものとは違う気がして、顔をあげたのでございます。そうしたら……」

見たことのない顔だった、という。

「蚕室に幽鬼が出る、とは聞いておりましたので、ああこれが、と思いました。装《よそお》いや髻《たぶさ》の形がどうであったかまでよく覚えておりませんが、昨日の幽鬼とはまったく違う顔でございました。もっと、こう……幼かったような気がいたします。丸顔で目がくりりとした、かわいらしい顔立ちの」

それと、と付け加える。

「うっすらとですが、化粧をしていたようでした。わたくしどもは、化粧をいたしません。うっかり室内や蚕を汚さないためです。繭ができるころにはなおのこと。白粉《おしろい》や紅がついて繭が汚れてしまったら、台無しですから」

「だが、その幽鬼は化粧をしていたと」

「はい。忙しいさなかですので、幽鬼だ、と思っても作業をやめるわけにはまいりません。それに、恐ろしいやら、驚くやらで声も出ませんでした。声をあげて、あちらに気づかれるのが怖い、と申しますか……そんな気がそのときはいたしました。あまり見ないように、でも目の端でとらえているようにしていると、幽鬼はすぐにその場から動きました」

「動いた？　消えたのではなく？」

「視界から消えてしまった、という状態です。霞《かすみ》のように消えてなくなりはしませんでした。周囲では皆、忙しく立ち働いておりましたので、一度視界から消えてしまうと、そこに紛れてしまいました。でも、そのあと蔟《まぶし》から繭がなくなっているとわかって騒ぎに」

寿雪《じゅせつ》は考えこむ。──もしこの宮女が繭を盗んだ当人であれば、こんな話をする必要はない。自分はたしかに幽鬼を見た、間違いなくあの幽鬼だった、と言い張ればいい。なぜなら、寿雪にそれを嘘だと決めつけることなどできないのだから。あとは嘘を貫《つらぬ》き通す度胸があるかどうかで、それがないのであれば白状している。こんなよけいな話などせず。

「……なにゆえ、昨日すぐに言わなかった？」

「気のせいだったらどうしよう、というので迷っていたのと、こんなことを言って、わたくしまで幽鬼に祟られたらどうしよう、というのと──」

「祟られる？　おぬしまで、とはどういう意味だ」

「は、あの、昨日の夕べ、幽鬼騒ぎがございまして」

「幽鬼騒ぎ……」

はたと思い至った。

──そういうことか。

寿雪は若萃《じゃくすい》に向かって言った。

「おぬし、年秋児《ねんしゅうじ》を呼んできてはくれぬか」

「はい、お安いご用でございます」

若萃《じゃくすい》は小走りに蚕室へ戻っていった。

「あの宮女はもういいんですか？」

いぶかしむように淡海《たんかい》が問う。

「ああ」とだけ、寿雪《じゅせつ》は答えた。

「じゃあ、娘娘《ニャンニャン》はいまの話を真実だと考えるわけですね。となると……」

「幽鬼はふたりいることになるな」

しばらくして、辺りをはばかるような様子で秋児《しゅうじ》がやってくる。青い顔をしていた。

「う……烏妃《うひ》さま、幽鬼のことはもうよいと……」

「幽鬼に脅かされたか？」

秋児は目をみはった。

「お、おわかりに」

「祟りがあるとでも言われたか。安心するがよい、そんなものはない」

「ほ……ほんとうでございますか？　烏妃さま」

秋児は泣きだしそうな顔で寿雪にすがりつこうとした。温螢《おんけい》がそれを制止する。寿雪は温螢《おんけい》に「よい」とだけ言って、秋児《しゅうじ》の手をとった。温螢が秋児の体から手を放すと、秋児はその場にくずおれた。寿雪《じゅせつ》の手を握りしめ、泣いている。

「烏妃《うひ》さま、わたくし、怖くて」

しゃくりあげる秋児をなだめ、寿雪は「なにがあった？」と問うた。

「昨日……昨日の夕刻です。作業が終わって、外廊を歩いていたら、足もとになにかが転がってきたんです。立ち止まって見たら、それは繭でした。そしたら、そのさきにも繭がいくつか落ちていて、何事かと思ったら、そばの格子窓にひと影がすうっと……」

秋児はぶるりと震えた。

「なかが暗くて、姿はよく見えませんでしたが、宮女のようでした。それがかたわらに立っていて、わたくしのほうを向いていました。そして、言ったんです。――これ以上わたしの邪魔をするなら、祟りがあるぞ、と。ぞっとするような恐ろしい声でした。わたくし、腰が抜けてしまって、ほうほうの体《てい》で皆のいる部屋へ逃げこみました。幽鬼が出た、と訴えたら、たしかめてみなくては、ということになって、いやでしたけれど、わたくしも一緒にその場へ戻りました。すると当然かもしれませんが、幽鬼の姿はなく、繭もありませんでした。とにかく恐ろしくて、どうしていいかわからなくて、わたくし……」

それで、ふたたび夜明宮《やめいきゅう》へとやってきたのだ。もう幽鬼のことは調べなくてよいと。

首をすこし傾けて話を聞いていた寿雪《じゅせつ》は、ふむ、とうなずいた。

「『ぞっとするような恐ろしい声』というのは、具体的にどのような声だ？　高い声か、低い声か。細い声か、太い声か」

「具体的に、でございますか……そうですね……」秋児《しゅうじ》は思い出そうとしてか、ぎゅっと目を閉じる。

「甲高《かんだか》い声ではありませんでした。かといって低い声でもなく……そう、若い声ではなかったのです。喉《のど》がつぶれたようなしゃがれた声で、だから恐ろしかったのかもしれません。とても若い宮女の声ではありませんでしたから」

「いままで聞いた覚えのある声か？」

「いいえ、あんな声――あら、でも……」

秋児は口もとに手をやる。「そういえば、聞いたことがあるような……。いえ、でも、よくわかりません」

「皆がいる部屋に逃げこんだと申したな。皆というのは、誰だ？」

「宮女たちです……全員がいたと思いますが、わたくしも気が動転しておりまして、はっきりとは覚えておりません」

「ふむ、そうか」

寿雪《じゅせつ》は秋児《しゅうじ》の顔をのぞきこんだ。

「よいか、それは幽鬼ではないぞ。どうしてかと申せば、ここにはわたしの結界があるからだ。幽鬼が現れることは、ない。絶対にだ」

秋児は寿雪の瞳に惹きこまれたようにじっと見入っていた。

「は、はい……！　烏妃《うひ》さま」

頰を紅潮させて秋児は強くうなずく。

「あっ、では、誰かがあんな真似をしたと……？　いったい誰が」

「詮索されては困る者であろうな」

秋児を脅した幽鬼も、繭を盗んだ幽鬼も、おそらく同一人物だろう。

幽鬼はふたりいる、と寿雪は言ったが、そのうちひとりはにせものである。

「部屋のなかを見てもよいか」

返事を聞かぬうちに寿雪は階《きざはし》をあがり、宮女たちの立ち働く部屋へと足を踏み入れた。なかは生臭《なまぐさ》いにおいと湯気が立ちこめている。ふたつある竈《かまど》に大釜が据えられ、ぐらぐらと湯が沸いていた。そのなかで繭が煮えている。かたわらに立つ宮女が煮えた繭をいくつか手にとり、すばやく糸口をさぐりあてて糸を引きだす。目にもとまらぬ速さである。引きだされた糸は糸繰《いとく》り枠《わく》で巻きとられてゆく。

糸になるぶんをとり終えて、蛹が透けた繭を釜からとり除く宮女がおり、湯を替える宮女がおり、枠から糸を外している宮女がいる。宮女たちは頰と手を熱で赤くして、額《ひたい》や首筋には汗が浮かんでいた。

どの宮女も黙々と作業に没頭しており、寿雪《じゅせつ》が入ってきたのにも気づいていなかった。寿雪は部屋の端に置かれた繭の入った籠《かご》に目をとめる。素人目《しろうとめ》にも汚れた繭が交じっているのがわかる。上繭と選別された、くず繭というのがこれだろう。寿雪は宮女たちの作業を邪魔せぬよう、すぐに部屋を出た。外廊にいた秋児《しゅうじ》に、「部屋の端に置いてあるのがくず繭か？」と確認する。「さようでございます」と答えが返ってくる。

「あれは捨てるのか？」

「いえ、献上品にはできませんが、糸をとって宮女の衣にしたり真綿にしたりします」

「昨日からあそこに置いてあるのか？」

「はい。上繭はべつの部屋で厳重に管理されますけれど、くず繭は……」

「ならば昨日おぬしを脅すのに使われたのは、あれであろうな」

置き場所を知っている者なら誰でも持ちだすのは容易《たやす》い。

「では、わたくしを脅した幽鬼のふりをした宮女は、いったい誰だったのでしょう？」

彼女たちではありません、と秋児は湯気の漏れでている部屋のほうを見やる。

「もしわたくしの仲間内の者であれば、顔かたちが暗くて見えずとも、さすがに誰だかわかります。声だって……」

寿雪《じゅせつ》は湯気がちりぢりにほどけて消えてゆくのを見つめた。

「──それが誰だかさがすより、あちらから出てきてもらったほうが早かろうな」

夕闇が迫るころ、宦官姿からふだんの黒衣へ着替えた寿雪は、温螢《おんけい》を伴って塚へ向かった。苔むした古塚の周囲を歩き、木々を見あげる。

ここに何者かが訪れていたことは、前に来たときにわかっている。下草が踏みしだかれていたからだ。

「娘娘《ニャンニャン》、来ます」

温螢のささやく声に、寿雪は塚のうしろに身を隠した。温螢は木立のあいだに身を潜めている。

薄暗い木陰の下を、誰かが小走りに近づいてくる足音が聞こえる。軽い足音だ。さほど上背のない、細身の人物だろう。その者は塚の前でいったん足をとめたかと思うと、足音を忍ばせるようにして、ゆっくりと一本の木に近づいていった。大きな古木で、ところどころ、洞《うろ》が口をひらいている。彼がそこに手をさしこんだとき、寿雪は声を投げかけた。

「繭はもう、そこにはないぞ」

手をさしこもうとした体勢のまま、彼は飛びあがるようにしてふり返った。寿雪《じゅせつ》は立ちあがり、温螢《おんけい》もまた木立から姿を現す。

「わたしの顔を覚えておるか。今日、貯桑室の裏手で言葉を交わしたであろう」

彼は寿雪の顔をまじまじと眺め、「あっ」と小さく声をあげた。

「宦官じゃ……」

青ざめた顔で言う彼は、桑の枝をからげ、染料や焚き木にするのだと寿雪に教えてくれた年若い宦官である。

「利冗《りじょう》と申すそうだな」

蚕室付きの宦官については、淡海《たんかい》に調べてもらった。身元から金回りまで、すべて。

「おぬしのしたことは、余さずわかっておるぞ。宮女の幽鬼のふりをして蚕室に入りこみ、繭を盗んだな」

どうやら幽鬼のふりをした者がいる、と判明したとき、宮女がこの件にかかわりがないのは明白になった。宮女が繭を盗むのであれば、わざわざ幽鬼役を用意する必要がないからだ。寿雪も一度疑ったように、作業中にこっそり繭をかすめとり、幽鬼が出たと言うだけですむ。

利冗《りじょう》は小柄で、ぱっちりとした目をしている。化粧をすれば難なく宮女に化けられるだろう。女の姿に変わっていては、知っている相手でも気づきにくい。宦官姿の寿雪《じゅせつ》に、秋《しゅう》児《じ》も最初は気づかなかったように。

「あ……う……」

利冗は青い顔で震えている。肝《きも》のすわった者ではないらしい。あとずさったかと思うと、急に駆けだそうとした。温螢《おんけい》がすぐに動いたが、彼がなにかするまでもなく、利冗は草に足をとられて転んだ。そこを温螢が腕をつかんで組み伏せる。利冗はもがいたが、捕らえる温螢の腕はびくともしなかった。

「ち、ちが……俺……」

利冗はしくしく泣きだした。まだ二十歳《はたち》前の、少々の悪いことも善《よ》いことも、どちらも簡単にやってしまえそうな若者である。

「おぬしひとりの企《たくら》みごとでないのはわかっておる。蛹を外に運びだす係の宦官にそそのかされたのであろう。金になると言われたか？」

こういう問いかたをすれば白状するかと思って問えば、はたして利冗はあっさりうなずいた。

「そ……そうです。でも、金になるからじゃありません。最初は仲間内の遊びだったんです」

「遊び？」

「俺が宮女に化けて、ばれないかどうか。その……賭けを」

賭博《とばく》に耽《ふけ》る宦官はちらほらいると聞く。ろくに娯楽もないからだ。

「それで、蚕室に入りこんでおったのか？　以前から？」

「いえ、最初はただ外をうろうろしてみて、ほかの宦官や宮女に俺だとばれるかどうかを賭けて――それがうまくいきすぎたもんだから、賭けにならないって言われて、じゃあ噂になってる蚕室の幽鬼のふりをしよう、ってことになって。でも、それだけじゃつまらないから、繭をとってこれるかどうかを……」

悪ふざけが行き過ぎた、といったところか。

「繭は、すぐに返すつもりだったんです。だって、持っていたってしょうがないし。部屋の隅にでも転がして返せばいいだろうって思って。でも、それが石安《せきあん》さんに知られて……」

「蛹の運搬役の宦官だな。仲間ではなかったのか」

「上役《うわやく》です。石安さんに、どうせならその繭を養蚕農家に売りつけようと言われたんです。さすがにそんなの怖いから、いやだと言ったら、繭を盗んだことをばらすって……重罪だぞって脅されて……」

利冗《りじよう》はぐすぐすと洟《はな》をすすりはじめた。そうしているとずいぶん子供に見えた。

「石安《せきあん》さんは仕事柄、養鯉商とは顔見知りで繭を買ってくれそうな養蚕農家にも心当たりがあると言っていました。今度、蛹を運びだすときに話をつけて売ってくるから、それまで繭を隠しておけって」

「それで、蛹を引き渡しに外に出るときまで、木の洞に隠しておいたのか」

「蚕室で使う薪《まき》をとりにこちらのほうまで来るので、この場所も知っていました。この木の洞がちょうどいいと思いついて」

手元に置いておくのは、調べられでもしたときに危うい。だから繭はべつの場所に隠してあるのだろうと寿雪は見当をつけて、思い浮かんだのがこの場所だった。誰も近づこうとしない場所のはずが、ひとの訪れた形跡があった。さがしてみれば、木の洞に押しこまれた布の包みがあり、そのなかから繭がふたつ、出てきたのだ。

繭から糸をとったのが今日、蛹を養鯉商のもとへ運ぶのは明日である。だから今夜あたりとりに来るだろうと思っていた。

「昨日、口封じに宮女の年秋児《ねんしゆうじ》を脅したのもおぬしたちだな」

「俺は、ただまた宮女のふりをして立ってろと言われて、立ってただけです。ちょっと宮女を脅かしてやるんだ、とは聞きましたけど。いたずらなのかなって。繭を転がしたり、作り声で脅したりしたのは俺じゃなくて石安《せきあん》さんです」

石安のほうは、いまごろ淡海《たんかい》が縛りあげているはずだ。

ともかく繭が持ちだされる前でよかったが、沙那賣《サナメ》の蚕が流出する危機だった。晩霞《ばんか》と高峻《こうしゅん》に知らせたうえで、処遇を任せねばならない。

温螢《おんけい》に利冗《りじょう》を縛らせて、寿雪《じゅせつ》は塚を離れる。辺りはもうすっかり暗くなっていた。ふと足をとめてふり返ると、塚の前がぼうとほのかに明るくなっている。そこにひとりの宮女が佇《たたず》み、こちらに向かって一度、揖礼《ゆうれい》した。そのまま宮女の姿は薄れて消えてゆく。ふたたび暗がりに沈みこんだ塚を寿雪は眺めた。

——あれは蚕の祟りで死んだ宮女などではないのであろう。

むしろ、蚕を愛してさえいるような。

ほんとうにただ蚕の世話がしたくて、蚕室に現れるのではないだろうか。

それから寿雪は蚕室の結界を解いたが、今年の養蚕が終わったからなのかどうか、幽鬼がふたたび現れることはなかった。

「前王朝時代に記された書物に、蚕を愛するあまり嫁入りを拒絶して殺された女の説話がある」

高峻《こうしゅん》は言う。

「巷間《こうかん》に伝わる話として書かれているが、もしかすると後宮での出来事だったのかもしれない」

「となれば、嫁入りを拒絶したというのは、帝のお召しを断ったということか」

それでは殺されるだろう。

「そんな書物があることを、よく知っておったな」

いくらか感心して言うと、高峻はちょっと黙ったあと、

「たねを明かせば、之季《しき》が教えてくれた」

と答えた。正直な男である。

「洪濤院《こうとういん》にある書物は、之季に訊けばだいたいわかる」

令狐《れいこ》之季は洪濤殿書院の学士である。その前は賀《が》川の観察副使をしていた。洪濤院には寿雪も足を踏み入れたことがあるが、竹木簡《ちくもつかん》から紙の巻物まで、そうとうな量の書物があった。あれをすでに把握しているのなら、やはり優秀な男なのだろう。

寿雪《じゅせつ》は目の前に広がる池の水面《みなも》を見つめた。さざなみに揺れる水面には、歪《ゆが》んだ月が映っている。

ふたりは夜明宮《やめいきゅう》にある池のほとりに立っていた。衛青《えいせい》はすこし離れたところに控えてお

り、ふたりの会話を聞く者はなかった。

「之季《しき》と仲がよいのだな」

ぽつりと洩《も》れた声はさざなみの上をすべってゆくようだった。

「仲がいい、というのとは違うと思うが」

高峻《こうしゅん》の声は困惑の色を帯びている。「臣下だからな」

ただの臣下でもない。之季はおそらく、高峻の最も暗い淵《ふち》を理解できる者だった。彼らはふたりとも、復讐の冷たい炎を胸のうちで燃やしつづけている。寿雪《じゅせつ》にはどうしても理解の届かない部分だった。

そのことを思うたび、寿雪は熾火《おきび》がくすぶるような心地になる。霧《きり》に包まれたようでもあり、深い海に沈むようでもあった。不安定で落ち着かない。

「……どうかしたか?」

高峻の手が伸び、寿雪の頰に触れて、すぐ離れた。寿雪は高峻を見あげる。高峻は、寿雪を助ける方法をさがそうと言う。烏漣娘娘《うれんにゃんにゃん》から解放する手段を。そんな道があるなら、それを選びたい、と。

助けてほしい、という寿雪の声にならない叫びを、彼は受けとめたのだ。

寿雪はそのとき、思いがけず涙をこぼした。その涙を高峻はぬぐった。それ以来、寿雪は高峻《こうしゅん》に触れられても身構えることがなくなった。高峻も、逡巡《しゅんじゅん》も躊躇《ちゅうちょ》もなく、ごく自然に触れてくる。

なんらかの垣根が取り払われた——取り払われてしまった。

麗娘《れいじょう》に、寿雪《じゅせつ》を育てた先代の烏妃《うひ》に、尋ねたかった。

これでよいのかと。

——むろん、よいという答えは返ってこないだろう。

水面が揺れている。歪んだ月は薄雲が隠していた。

しばらくたったのち、寿雪は九九《ジウジウ》から新たな噂を聞いた。蚕室の宮女たちが、あの塚にお参りするようになったという。宮女の幽鬼は蚕の守り神だというのが、いまのもっぱらな噂である。

こうして神は作られてゆくらしい、と寿雪は思った。

金の杯《はい》

玉座《ぎょくざ》の前に、男がひざまずいている。四十過ぎの、一見、武将かと思うような鍛えあげられた身体と、謹厳な面差《おもざ》しの男だった。

沙那賣《サナメ》一族の当主、朝陽《ちょうよう》である。

顔をあげることを許されたあと、朝陽はあいさつの口上《こうじょう》を朗々と述べる。高峻《こうしゅん》は玉座でそれを聞きながら、朝陽の姿を眺めていた。

まなざしは、ひと振りで骨を両断する刀のような鋭さがある。身のこなしは重々しく、厳《いか》めしい風貌に親しみやすさは微塵《みじん》もない。だがそのぶん、ほんのすこしでも笑みを浮かべたなら、驚くほどひとを魅了しそうな雰囲気があった。

朝陽のうしろには青年ふたりが控えている。彼の息子たちだ。ひとりは高峻とおなじ年頃、ひとりは二十歳《はたち》前だろう。ふたりとも朝陽とよく似ているが、上の息子は父親ほど厳めしくはなく、むしろ洗練された文人墨客《ぶんじんぼっかく》のような佇《たたず》まいがあり、下の息子は利《き》かん気が強そうな目をしている。

「こたびは、わたくしどもの蚕《かいこ》のなかでも最良の蚕種《さんしゅ》をお持ちしました」

朝陽の言葉に、彼の従者が盆を恭《うやうや》しく掲《かか》げる。盆には植物の種のようなものが貼りついた紙がのっている。これが蚕種である。蚕の卵は膠《にかわ》のような粘着性があり、紙の上で産卵させれば勝手に貼りつく。

盆にのせた蚕種は献上されたぶんの一部で、残りは宮廷蚕室《さんしつ》に運びこまれている。そこで越冬した蚕種がつぎの春に孵化《ふか》したら、品種改良の試しがはじまることになる。より強く、より美しい糸を吐く蚕を作りだせたら、それは霄《しょう》の国にとって得難《えがた》い財産となるだろう。――この蚕によって富を得てきた沙那賣《サナメ》にとっては、打撃となるが。

長年、手塩にかけて改良を重ねてきた蚕を横からかすめ取るような真似をされて、朝陽《ちょうよう》はどう思っているのだろう。叔父《おじ》を自滅に追いこんだとき、ここまで想定していたのだろうか。

――おそらく、していただろう。

朝廷から距離をとり、政《まつりごと》に足を踏み入れず、それでも隠然たる力を賀州《がしゅう》に及ぼす沙那賣朝陽という男の底意を、高峻《こうしゅん》はいまだ量りかねている。

高峻は朝陽の表情をずっと見ていたが、その本心はうかがえなかった。

「……遠路はるばる、よく参った。鯊門宮《さもんきゅう》にて疲れを癒《い》やすがよい」

形式的な言葉をかけて、高峻は退室する。古めかしい言葉遣《づか》いがまるで寿雪《じゅせつ》のようだ、と思い、すこしおかしくなった。

朝陽一行はしばらく宮城内にある離宮《りきゅう》、鯊門宮に滞在する予定だ。滞在中には養蚕《ようさん》のことや賀州についての話を聞くつもりだった。意見を交わせば、朝陽の本心もいくらか見えてくるだろう。

高峻《こうしゅん》は内廷《ないてい》に戻るため輿《こし》に揺られながら、朝陽《ちょうよう》がやってきた報告がてら、鶴妃《かくひ》に会いに行かねばならないか、と考えていた。

*

朝靄《あさもや》が立ちこめたある日のこと、内侍省《ないじしょう》の宦官《かんがん》のひとりが定刻になっても持ち場にやってこないというので、同僚の宦官が宿舎の部屋まで呼びに行った。

扉をあけて部屋に一歩、足を踏み入れた同僚は、なかを見るなり、叫び声をあげて転《まろ》び出てきた。

部屋のなかでは、頭から血を流した宦官が床に倒れ伏し、かっと目を見ひらいたまま、事切れていた。


「娘娘《ニャンニャン》、餅《もち》が焼けましたよ」

九九《ジウジウ》が器《うつわ》に盛った焼餅を運んでくる。葱《ねぎ》を混ぜこみ薄く焼いた餅は、九九の手製である。彼女の生家は餅肆《へいし》（餅屋）なので、餅作りは得意中の得意だ。一度にたくさん作れて小吃《おやつ》にちょうどいいので、衣斯哈《イシハ》やら淡海《たんかい》やら、夜明宮《やめい》にひとが増えてからは、紅翹《こうぎょう》や老婢《ろうひ》の桂子《けいし》とともによく作るようになった。

　衣斯哈に温螢《おんけい》と淡海を呼びに行かせて、部屋に集まって食べる。桂子だけは、けしてこの部屋に足を踏み入れようとしない。麗娘《れいじょう》に仕《つか》えていたころからずっとそうだ。いまさらその習慣を変えるつもりはないらしい。つねに唇《くちびる》を真一文字《まいちもんじ》に引き結んだ、むっつりとした老婆《ろうば》だが、怒っているわけでも不機嫌なわけでもない。怒らせるようなことをしただろうかと怯《おび》える衣斯哈に、そう言って聞かせた。桂子はあれで衣斯哈を気にかけている。寿《じゅ》雪《せつ》が夜明宮にやってきた当時を思い出すのだろうか。やせっぽちだからと、衣斯哈のぶんには肉を多めによそっている。

　以前は部屋に二脚しかなかった椅子も、べつの部屋から運びこまれて増えている。寝所《しんじょ》の榻《とう》を使うこともある。麗娘といたころには考えられなかったことだった。

　外廊《がいろう》に面した扉をあけ放ち、部屋には明るい陽《ひ》が満ちている。一堂に会すると一番うるさいのは淡海で、九九《ジウジウ》とよく言い合いになる。最初のころこそ仲裁に入っていた温螢も、最近は面倒になったのかほったらかしである。

「俺さあ、肉が入ってる餅が食いたいな。挽肉《ひきにく》のやつ」

「文句言うなら食べなくていいです」

「文句じゃないだろ、要望じゃねえか。肉はないよりあったほうがいいに決まってる。ねえ、娘娘《ニャンニャン》」

「わたしはこの餅のほうが好きだ」

こんがりと焼かれた餅は、表面はかりっとして香ばしいが、なかはもっちりとして葱の風味もほどよい。挽肉が入った餅もおいしいが、少々胃に重いところがある。

「淡海《たんかい》さんはね、そうやってすぐ娘娘を味方につけようとするところが姑息《こそく》なんですよ。ねえ娘娘」

「どっちがだよ」

焼餅をひとくちずつかじりながら、ふたりの様子を静観する。そのうち、ほどほどのところで温螢《おんけい》が問答無用で淡海を外につれだすだろう。

――そう思っていたのだが。

焼餅が器からなくなったころ、ふいに星星《シンシン》が暴れだした。焼餅がもらえなかったので拗《す》ねているのかと思ったが、そうではないらしい。殿舎の外にひとの気配がある。それもいつも夜明宮《やめいきゅう》を訪ねてくる者のようではなく、大勢だ。その足音に温螢と淡海も表情を引き締めて、どちらが声をかけるでもなく、すばやく扉の外に出た。

ふたりは扉を出てすぐ、足をとめる。ともに戸惑《とまど》っているのが背中からわかった。

「どうした？」

寿雪《じゅせつ》はふたりのそばに歩みよる。温螢《おんけい》が身を引いて道をあけた。そのさきを見れば、階《きざはし》まで敷かれた玉石の上を歩いてくる一団がある。

十人くらいだろうか。宦官たちだ。藍鼠《あいねず》の袍《ほう》を着て、腰には刀を帯びている。勒房子《ろくぼうし》だ。帯刀を許された、後宮内《こうきゅう》の犯罪を取り締まる皇帝直属の組織。後宮というのは基本的に皇后《こうごう》の管轄《かんかつ》で、皇后不在のいまは最上位である鴦妃《おうひ》・花娘《かじょう》が管理を任されているわけだが、重罪を調べ裁く権利までは与えられていない。かつて全権を掌握《しょうあく》して悪用し尽くした皇太后《こうたいごう》の例に鑑《かんが》み、その権利を縮小したのである。代わりにできたのが皇帝直属の勒房子だった。

つまり、皇后の権利の一部を、皇帝のものにしたのだ。

——その勒房子が、いったいなんの用だろう。

階の手前で彼らは足をとめ、寿雪を見あげた。上役《うわやく》らしい宦官がひとり、一歩進み出る。整った顔立ちだが、武に秀《ひい》でた勒房子らしい鋭さを持った宦官だ。疲れているのか顔色は悪く、目は充血している。彼は膝《ひざ》をつき、揖礼《ゆうれい》した。うしろの宦官たちもそれに倣《なら》う。

「ご無礼をお許しください、烏妃《うひ》さま」

なんの申し入れもなくやってきた無礼を詫《わ》びているのである。妃《きさき》の宮《みや》を訪ねるならば、まずうかがいを立てるものだからだ。だが、皇帝直属の組織である彼らはそれをせずとも許される。形式だけのあいさつだ。

「勒房子《ろくぼうし》の面々が、こんなところに何用だ」

は、とあいさつを述べた宦官が顔をあげ、立ちあがる。

「烏妃《うひ》さまは、今朝がた、内侍省《ないじ》の宦官が宿舎で殺されているのが見つかった件をご存じですか」

彼は硬質な声で寿雪《じゆせつ》に問いかけた。

──内侍省の宦官が殺された？

寿雪が知るわけがない。ほかの妃の宮ならいざ知らず、内侍省は夜明宮《やめい》から遠いし、かかわりもない。寿雪のうしろでは、九九《ジウジウ》たちも何事かと固唾《かたず》を呑んで様子をうかがっている。

「知らぬ」

寿雪は簡潔に答えた。問いかけた宦官の表情はぴくりとも動かない。

「この件で夜明宮付きの宦官、淡海《たんかい》に殺しの嫌疑がかかっております。ゆえに身柄をわれらに引き渡していただきたい」

──淡海だと？

「へっ？」

間の抜けた声をあげたのは、名指しされた淡海《たんかい》である。

寿雪《じゅせつ》はすこしばかり反応できなかった。突拍子《とっぴょうし》もなかったからだ。

「……話が見えぬ。なにゆえ、そうなる」

「殺されたのは牧憲《ぼくけん》という宦官です。——この名に覚えがあろう、淡海」

勒房子《ろくぼうし》の宦官の目が鋭く淡海に向けられる。ふだんは飄々《ひょうひょう》とした淡海の表情が、つと硬くなった。

「知っておる者か？」

寿雪は淡海に問うたが、彼は唇を引き結んだまま答えなかった。答えたのは勒房子の宦官である。

「かつて淡海の家で知家事《ちけじ》をしていた者です」

「知家事……」

「家内を取り仕切る召使い頭《がしら》のことです」

では、淡海の家というのは召使い頭を雇うほどの家だったということだ。

「なにもご存じないのですね、淡海のことを」

勒房子の宦官は、気の毒がるように唇だけで笑った。淡海はすこし前まで勒房子の所属であったのに、目の前の宦官からは淡海《たんかい》に対する情をまるで感じない。

寿雪《じゅせつ》は冷ややかに相手を見据えた。

「わたしはおぬしの名前も知らぬが」

「失礼いたしました。わたくしは勒房子《ろくぼうし》で次官の勒上《ろくじょう》をしております、姓は漆雕《しっちょう》、名を坤《こん》と申します」

「漆雕坤。殺された宦官が淡海の家の召使いだったとて、淡海がその者を殺す理由にはなるまい」

「そのとおりでございます」木で鼻を括《くく》ったような返事だ。

「烏妃《うひ》さまはご存じないのでしょうが、淡海の生家は古くから于《う》州に領地を持つ由緒《ゆいしょ》正しき名家でございました。それが彼の祖父の代から徐々に傾きだし、父親の代で没落します。一番の原因は父親が貢挙《こうきょ》に落第しつづけ、高官となる道を閉ざされたことです。財産は日に日に目減りし、召使いはひとり減り、ふたり減り……歴史ある名家でもこのような憂《う》き目を見るのが当世です。淡海は有能でございますから、そこまで家がもてばよかったのでしょうが。彼の父親は慣れぬ商《あきな》いに手を出し、破産してしまうのです」

漆雕坤はとうとうと語る。よくそこまで知っているものだ。寿雪が眉をひそめているのに気づいているのか、いないのか、彼は話をつづけた。

「そこで主《あるじ》を支えるのが召使いでしょうが、淡家《たんけ》の召使いたちはそんな忠義者ではございませんでした。金目のものをことごとく持ち去って、ひとり残らず主を見捨てたのです」

ひどい話でしょう、と漆雕坤《しっちょうこん》は言い、ちらりと淡海《たんかい》を見る。淡海の顔にはなんの表情も浮かんでいなかった。ただ静かに前を見据えている。

「なかでも、家宝であった金の杯《はい》というのを盗んでいったのが、知家事《ちけじ》の牧憲《ぼくけん》だったのです。値がつけられぬというほど価値のあるものだったそうです。それを失ったことは、淡家にとって最も痛手でした。父親は失意のうちに病死、母親は首を括り、ひとり息子だった淡海はひと買いに売られます。彼の家だけでなく、一族もろとも似たような有様で散りぢりになり、名家はなくなりました。ひと買いに売られたのち、どのような遍歴をたどったのかは知りませんが、彼は盗賊の一味となります」

ふう、と坤は息を吐いた。

「どうです、烏妃《うひ》さま。家宝を盗んでいった相手が、おなじ後宮内にいるのですよ。皮肉な巡り合わせですが、落伍者《らくごしゃ》の行き着くところは処刑場か宦官です。そうでもなくば宦官のなり手などいないからですが」

己《おのれ》も宦官なのに、宦官をひどく卑下《ひげ》する。たしかに、宦官は食いつめた者や死刑を一等減じられた者がほとんどだ。美貌か才覚がなければ、下級宦官で一生を終える。

「淡海《たんかい》が牧憲《ぼくけん》に対して、恨《うら》みを晴らそうとしてもおかしくはないでしょう」

寿雪《じゅせつ》は鼻で笑った。

「おかしかろう。おぬし、さきほど淡海は有能だと己で申したではないか。ならば疑われるような下手《へた》は打たぬ。その程度の根拠でこのわたしの宦官を引っ立てるつもりであったのか」

寿雪は坤《こん》を正面からにらみつけた。

「立ち去るがよい。淡海は渡さぬ」

坤はわずかに眉をよせる。彼はなめらかな輪郭《りんかく》と、整った目鼻立ちを持っている。白い肌は、やはり青ざめて見えた。この事件のための疲れからか、それとも体質か。

「……この件は衛内常侍《えいないじょうじ》に報告いたします。大家《ターチャ》にも伝わるでしょう」

捨て台詞《ぜりふ》である。坤はきびすを返し、殿舎の前を離れる。――かと思えたが、思い出したように立ち止まり、ふり返った。

「烏妃《うひ》さま。あなたさまは彼がどういう者だか、ご存じないのでしょう。淡海は押し入った屋敷で家婢《かひ》を殺して捕まっています。もとからそやつは殺人者です。そばに置かれるのでしたら、よくよく気をつけたほうがよろしいでしょう」

――殺人罪か。

寿雪《じゅせつ》たちのあいだにいくらか驚きが広がったことに満足したのか、坤《こん》は今度こそ配下の宦官を引きつれて、夜明宮《やめいきゅう》を去っていった。

彼らが出ていってまず、はあぁ、と九九《ジウジウ》が大きく息をついた。

「怖かった……！　勒房子《ろくぼうし》のひとたちって、やっぱりおっかないですね」

「刀を持っておるからな」

寿雪とて、そういう相手には身構えてしまう。

「でも、娘娘《ニャンニャン》はご立派でした。いくらなんでもあれで引っ立てようだなんて、横暴ですもの。あの漆雕《しっちょう》なんとかいうひとも、いやな感じでしたし」

九九は腹を立てている。ふだんは淡海《たんかい》といがみ合っていても、他人の言う淡海の罪状を恐れるより、漆雕坤のふるまいに腹を立てているのが彼女らしい、と寿雪は思う。

「あの漆雕勒上《ろくじょう》は、非常に堅物《かたぶつ》で容赦《ようしゃ》がないと聞いています」

そう言ったのは温螢《おんけい》だ。

「生真面目《きまじめ》で、いいかげんな真似はしないとも聞いていましたが、今回はいささか勇み足に思えました。——淡海、おまえ、あの次官に疎《うと》まれていただろう」

淡海は不機嫌そうに眉根をよせている。こんな顔をするのもめずらしかった。

「知るかよ」

投げやりな口調で言う。

「淡《たん》――」

温螢《おんけい》がとがめるように言いかけたのを無視して、淡海《たんかい》は「娘娘《ニャンニャン》」と寿雪《じゅせつ》の前に立った。

「どうして俺をかばったんです？　面倒なことになりますよ」

「ここは夜明宮《やめいぐう》だ。わたしが気に入らぬことは通らぬ。後宮の決まりもしきたりも通じぬ」

「そういうことを言ってるんじゃありませんよ。俺は――もし俺がほんとうに牧憲《ぼくけん》を殺したんだったら、どうするんです。あなたはそれをすこしも疑わないんですか」

「疑っておらぬ」

淡海はあきれたように寿雪を眺めた。

「それは、あなたが俺を知らないからですよ」

「知るも、知らぬもない。わたしがおぬしを見てどう判断するかは、わたしの勝手だ。そしてわたしはおぬしをあやつらに渡しとうない」

淡海はじっと寿雪を見つめた。

「俺がひと殺しでもですか」

「そうだ」

反射的に寿雪は答えていた。家婢を殺した、と漆雕坤《しっちょうこん》は言っていた。それが真実なのかどうか、寿雪《じゅせつ》にはわからない。寿雪にわかるのは、いま目の前にいる淡海《たんかい》だけだった。

淡海は、ぐっと奥歯を嚙みしめるような顔をした。そのままくるりと背を向け、階《きざはし》をおりてゆく。淡海、と温螢《おんけい》が呼んだが、ふり返らなかった。

夜になって、夜明宮《やめいきゅう》を訪れる者があった。烏妃《うひ》に頼みごとをしに来た者でもなければ、高峻《こうしゅん》でもなかった。

「勒房子《ろくぼうし》を追い返したそうですね」

衛青《えいせい》である。

「……だからどうした」

寿雪は顔を背《そむ》ける。「わざわざ文句を言いに来たのか、ひとりで」

衛青は美しい双眸《そうぼう》で寿雪をにらむ。

「大家《ターチャ》はあなたに甘いので、私だけで来たのですよ。勒房子は大家直々《じきじき》に命《めい》を受けた者たちです。それをないがしろにされては困ります。承服しかねることがあるならば、しかるべき手続きを踏んで抗議してください。問答無用で追い返すとは何事ですか」

小言がうるさい。寿雪を叱《しか》りつけるのは彼くらいである。彼の言うとおり、高峻は寿雪に甘い。

「問答無用ではない。勒房子《ろくぼうし》の次官……勒上《ろくじょう》と申すのだったか、その勒上の漆雕坤《しっちょうこん》とやらが横暴だったのだ。薄い根拠で淡海《たんかい》を召し捕ろうとしたのだぞ」

「召し捕ろうとしたのではなく、話を聞こうとしたのです」

「わかるものか。引っ立てていったら最後、拷問《ごうもん》でもして認めさせるのであろう」

「そんな真似はしません。――たしかに、いまの時点で淡海を尋問《じんもん》するのは早計だと私も思います。それは漆雕にも言ってあります。新たな証拠でもないかぎり、淡海を引っ立ててゆくことはないでしょう」

「なんだ、そうか」

それをまず言えばいいのに、と思った。そう思ったのが伝わったのかどうか、衛青《えいせい》は苦々しい顔をした。

「そのことと、あなたが無理を通すことは別問題です。反省してください」

寿雪《じゅせつ》はムッとした。「なにゆえわたしが反省せねばならぬ」

「むくれないでください。情で行動するのは考えものですよ。あなたのためになりません」

衛青は、すこし目を細めて寿雪を眺めた。

「情け深さはときに判断を誤らせます」

「……正しくありたいとは思わぬ。とくに外の正しさは、わたしには関係ない。それはわたしになんの益ももたらさぬ」

衛青《えいせい》の眉がよせられる。

「身を滅ぼしますよ」

そう言った声は、まるでほんとうに寿雪《じゅせつ》を心配しているかのようだった。

衛青はため息をひとつ残して、殿舎から出ていった。寿雪は階《きざはし》の手前まで出て、遠ざかる明かりを見ていた。

「娘娘《ニャンニャン》」

暗がりから呼ぶ声があり、寿雪はそちらをふり向く。温螢《おんけい》の声である。

「衛内常侍《ないじょうじ》は、なんと……」

めずらしく、用件を訊《き》いてくる。温螢も勒房子《ろくぼうし》の件が気にかかっているらしい。

「小言を言われただけだ。衛青も、いま淡海《たんかい》を尋問するのは早計だと申しておった。また勒房子が来ることはなかろう。——しかしあやつはほんとうに小うるさいな」

最後はぼやきに近いひとりごとである。温螢は、それにただほんのりと笑みを浮かべただけだった。寿雪はそんな温螢を眺め、衛青の小言を思い返す。

——身を滅ぼしますよ。

「……たとえば、おぬしが誰かを殺してここに逃げこんできたとしても、わたしはおぬしを勒房子《ろくぼうし》に差し出すことはせぬであろう」

ぼんやりと、心に浮かんできた思いをそのまま吐き出す。温螢《おんけい》は驚いたように目をみはっていた。

「正しさなど……どうでもよい」

それよりも大事なものを、寿雪《じゅせつ》は得てしまった。そうか、と理解する。そうして正しい道を選べなくなってしまうから、大事なものを作ってはいけないのだ。ならば正しさなど、なんの役にも立たないではないか。

「身を滅ぼす、か」

つぶやきは、夜の闇《やみ》のなかに落ちてゆく。

「娘娘《ニャンニャン》」

ひっそりとした声で寿雪を呼び、温螢はひざまずいた。祈りを捧《ささ》げるように寿雪の手をとり、顔を伏せる。

「御身《おんみ》が滅びるときには、私もお供します」

寿雪は温螢を見おろし、ふっと笑った。

「馬鹿を申すな」

温螢の手を握り返して、立たせる。手のぬくもりが伝わってくる。守らねばならない、と思う。寿雪《じゅせつ》は温螢《おんけい》たちの主人だ。主人として、この者たちを守らねばならない。

ひとつわかった。

身を滅ぼさぬためには、誤った道を、正しいものにしてしまえばいいのだ。


「殺された牧憲《ぼくけん》とやらを招魂《しょうこん》する」

翌朝の朝餉《あさげ》が終わるとすぐ、寿雪はそう宣言した。

「招魂？」と九九《ジウジウ》が不思議そうに尋《たず》ねる。

「魂を招く。一度しかできぬことだが」

「ああ――花娘娘《ファニャンニャン》のときになさった、あれですか？」

花娘《かじょう》の亡き恋人を招魂しようとしたときのことだ。結局、あのときはできなかったのだが。

寿雪はうなずく。

「当人に訊けば、誰に殺されたかなどすぐわかる」

――はじめからそうしていればよかったのだ。勒房子《ろくぼうし》が来たときに。

寿雪は九九に言って、淡海《たんかい》を呼びにやった。待つあいだに硯《すずり》や筆を厨子《ずし》から出して用意する。象牙《ぞうげ》や玉《ぎょく》が嵌《は》めこまれた紫檀《したん》の台に据えられた硯、高峻《こうしゅん》から贈られた雀頭筆《じゃくとうひつ》、上等な舟形の墨。

ときおり寿雪《じゅせつ》は、麗娘《れいじょう》の魂を招きたくなる。だが、一度きりだと思うとそれもできかねた。麗娘からも、よほどでないかぎりしてはならぬと戒《いまし》められている。彼女の戒めを、寿雪はことごとく破ってしまっているが。

淡海《たんかい》はすぐにやってきた。昨日から彼の表情は硬い。

寿雪は九九《ジウジウ》をさがらせ淡海だけを部屋に残して、招魂を行うことを告げる。牧憲《ぼくけん》の名を確認して、硯で墨をすりはじめた。

「どうしてそこまで……」

淡海は困惑《こんわく》している。寿雪は筆をとり、墨に浸《ひた》した。

「わたしの行いが正しかったことにするためだ」

淡海が咎人《とがにん》ではないことを証明する。勒房子《ろくぼうし》を追い返した寿雪の手で。そこまで責務を負えば、文句もあるまい。

寿雪は蓮弁形《れんべんがた》の紙に牧憲の名を記し、銀盤に置く。結いあげた髪から花を抜きとり、ふうと息を吹きかけた。

花は煙のように溶けて、銀盤の上に落ちる。紙に触れると、薄紅《うすべに》の炎となって燃えあがった。紙はあっというまに燃えたが、灰とならずに炎と一体となり、すぐさま煙へと変わる。薄紅の煙は霞《かすみ》のように辺りに漂い、視界を覆《おお》う。寿雪はその霞のなかに手を入れた。

糸をたぐりよせるように指を動かし、魂のありかをさぐる。ふいに指先が、ひんやりとしたものに触れた。やわらかだったそれは、しだいにしっかりとした形をとりはじめる。寿雪はぐっと手を握った。冷たい手が、寿雪《じゅせつ》の手を握り返している。

ふ、と寿雪はひとつ息をついた。立ちあがり、ゆっくりとうしろにさがる。同時に手を引き、霞のなかにいるそれを引っ張りだす。

ひとが現れた。四十、いや五十くらいの、薄墨色の袍を着た宦官だ。頰骨《ほおぼね》の出た、青白い顔をしている。肌はかさつき、目は窪《くぼ》んでいた。その目を伏して、彼は力なく背を丸めている。淡海《たんかい》が息をのむのがわかった。

「――牧憲《ぼくけん》」

寿雪は名を呼んだ。はっとしたように宦官が顔をあげる。

「わたくしを呼ぶのは、どなたでございますか」

かすれた声を発した。

「わたしは烏妃《うひ》だ。こちらを見よ」

牧憲のうつろな目がしばらくさまよい、やがて寿雪を映す。ああ……とため息のような声が彼の口から洩《も》れた。

「わたしがおぬしの魂を呼んだ。――己が死んだことを理解しておるか」

牧憲《ぼくけん》はうなだれた。はい、と消え入りそうな声で答える。

「殺されたのか」

「殴《なぐ》られたところまでは覚えております……」ぽつぽつと牧憲は語る。「倒れて体が動かなくなり……とても寒くて、凍《こご》えそうで……そのまま死んでしまったのですね、わたくしは」

はあ、とふたたび深い嘆息《たんそく》を洩らした。

「やはり、金の杯の祟《たた》りはあったのでございます」

「なに？」

祟り、の言葉に寿雪《じゅせつ》は反応する。

「金の杯……主人の家であれを目にしたとき、どうしても手に入れたくなりました。驚くほど薄く、手にとると羽根のように軽い杯で、細かな花の模様がびっしりと彫りこまれていました。気づくとそれをふところに押しこんでいたのです。そのまま主人の家から逃げだしました。家宝だと知っておりましたのに……そして、祟りがあることも」

「祟りとはなんだ」

「持ち主に禍《わざわい》がふりかかるというのです。そうして持ち主を転々と変えてきたのだと。結局、主人の家は没落し、わたくしは死にました。宦官にまで身を落としても、わたくしはあれを手放すことができず、夜な夜な眺めておりました。あの晩も――」

「殺された晩か」

「金の杯は、寝床に隠してありました。毎晩それをとりだして眺めては、主人の家から盗んでしまった悔いと、それでも杯の美しさに魅せられる思いとがない交ぜになり……その晩も眺めておりましたら、突然、うしろから頭を殴られたのです。杯に夢中で、扉がひらいたことにも気づいておりませんでした。わたくしを殴りつけた者は、杯を拾って逃げ去りました……」

「待て」

寿雪《じゅせつ》は声をあげた。

「うしろからいきなり殴りつけられた――では、おぬしは殴りつけてきた者が誰だか、知らぬのか？」

「知りません。倒れたわたくしの目にかすかに見えたのは、走り去る相手の翻《ひるがえ》る衣《ころも》だけでした。わたくしとおなじ、薄墨の袍でした」

薄墨の袍は、下級宦官の衣だ。位《くらい》があがるにつれて灰色が濃くなる。淡海《たんかい》は勒房子《ろくぼうし》の袍のままでいて、その色は藍鼠《あいねず》だ。温螢《おんけい》は鈍《にび》色、衛青《えいせい》などは鉄鼠《てつねず》の袍だった。

薄墨であったのなら、淡海ではない。しかし、たばかるために下級宦官の姿をして忍びこんだのだ、と言われてしまったらどうしようもない。

――当人に訊けばわかると思うたが、甘かった。

いや待て、と思う。相手は金の杯を奪い去っているのだ。それなら――。

「罰が下ったのでございます」

牧憲《ぼくけん》の言葉はつづく。

「主人を裏切り、金の杯を盗み出した罰が。淡《たん》さまには申し訳ない。奥方さまにも、若君にも、申し訳ないことをしました」

申し訳ない……とくり返しながら、牧憲はさめざめと涙を流した。潮時か、と寿雪は握っていた牧憲の手を放す。その姿はおぼろげになり、霞のなかへと吸いこまれていった。寿雪は霞にふっと息を吹きかける。霞は霧散《むさん》し、溶けるように消えていった。

「……主は主の務めを果たしてこそ主たり得るのです。牧憲が父を裏切ったのではない。父は主人の務めを放棄《ほうき》した。すべてを放りだして家を潰《つぶ》した。裏切ったのは父のほうですよ。金の杯など、盗まずとも滞《とどこお》っていた給金の代わりにくれてやったものを」

淡海《たんかい》は表情の失せた顔で、牧憲が立っていた辺りを凝視《ぎょうし》していた。

「俺は牧憲を恨んでなどいません。子供だった俺の遊び相手によくなってくれた。召使いのなかでも最後まで残ってくれた男です。恨むというなら、父と――俺自身です。ひと買いの手から手へと売り買いされて、悪趣味な成金の慰《なぐさ》み者になるところだったのを逃げだして、盗賊の頭《かしら》に拾われて……はは、いま思うとよく生きてたもんですね」

乾いた笑い声をあげる。それから片手で額《ひたい》を押さえた。

「娘娘《ニャンニャン》……父の借財のせいで、一族みんな路頭に迷ったんですよ。俺だけじゃない。俺は足かけ三年、盗賊にいましたが、最後に押し入ったのは地方の豪農の屋敷でした。屋敷の者を縛りあげて、蔵を物色して、値打ちのあるものだけいただく。長居はしません。仕事がすばやいのがうちの売りでした。そのときもさっさとずらかろうとしたんですよ。うっかり納屋《なや》をのぞいたのが運の尽きでした。声が――聞こえた気がして。農具と藁《わら》が積まれた納屋の隅っこに、女がうずくまっていました。月の明るい晩で、窓からの光がそこを照らしていました。近づくと、筵《むしろ》の上で若い女が膝《ひざ》を抱《かか》えているんです。左足に枷《かせ》がはめてあって、鎖でつながれていました。奴隷ですよ。家婢です。汚れた麻《あさ》の衣一枚だけの姿で、傷だらけでした。農作業でできたような傷じゃない。古い傷は膿《う》んで、すえたにおいがしている。この若い女がどんな扱いを受けているのだか、想像するのも吐き気がしました。俺は刀の鞘《さや》で鎖を壊して、『逃げろ』と言ったんですよ。盗賊に押し入られたどさくさに紛《まぎ》れて逃げちまえばいいって。そしたら、女は顔をあげて、じっと俺を見たんです」

淡海《たんかい》の声が震えた。顔は青ざめている。寿雪《じゆせつ》は声をかけるか迷い、そのうち淡海はふたたび口をひらいた。

「女の顔は痩《や》せこけていたうえに殴られて腫《は》れあがっていましたが、面影《おもかげ》は残っていました。従姉《いとこ》でした。俺の……ふたつ年上の従姉でした」

淡海は手で目を覆う。

「俺は絶句していました。それはたぶん、一瞬のうちだったろうと思います。従姉は俺の刀を引き抜いて、刃を自分の首筋に滑らせました。すさまじい量の血が噴きあがって、従姉は棒きれのように倒れました」

目の前に血が広がったように感じて、寿雪は眉をひそめる。淡海が小さく震えているのに気づいて、寿雪は彼を椅子に座らせた。

「あんなところにつながれて、従姉は死ぬこともできずにいたんです。いったいどれだけのあいだ、死ぬより辛《つら》い目にあっていたのだか、わかりません。淡家の一族でなければ、あんなことにはならなかっただろうに。俺はなにもできなかった」

淡海は震えている。行き場のない激しい怒りとかなしみが、彼を包みこんでいた。寿雪はその背に触れ、撫《な》でさすった。なにもできなかった、と吐き出す彼の苦しみには、覚えがある。寿雪もおなじだ。母に対して、なにもできなかった。

「……それで、おぬしは捕まって、やってもおらぬひと殺しの罪まで背負ったのか」

「どうでもよかったんです」

「それが罰だと思うたのだな」

淡海《たんかい》が顔をあげて寿雪《じゅせつ》を見た。なぜわかるのか、という顔をしている。

「わたしも長らくそう思うておった。……いまはすこし違うが」

烏妃《うひ》としての苦しみは、母を見殺しにした罰だと。だが、それは母の思いをないがしろにすることだった。

──自分を責めるのは、楽なのだ。

そこで理不尽《りふじん》が完結するからだ。

「だから、おぬしはこたびの件でもどこか投げやりだったのだな。濡れ衣《ぎぬ》で罰を受けてもよいと思うたか」

「……ええ」

「馬鹿者め」

寿雪はぺしりと淡海の背をたたいた。淡海は驚いたように目を丸くする。

「わたしが許さぬ」

足早に扉に向かう。外に出て、寿雪は温螢《おんけい》を呼んだ。殿舎の陰から温螢はすぐにやってくる。

「牧憲《ぼくけん》の宿舎に行きたい。案内してくれ」

「はい」

温螢《おんけい》がさきに立って歩きだす。淡海《たんかい》があわてたように殿舎から出てきた。

「娘娘《ニャンニャン》――」

寿雪《じゅせつ》は足をとめ、ふり返る。ふと胸によぎった言葉があった。

――麗娘《れいじょう》が慈《いつく》しんだそなたを、そなた自身が救ってやれ。

高峻《こうしゅん》の言葉だった。それはあたたかな水のように寿雪の胸に染《し》みこんで、ずっとそこにある。

「わたしはおぬしがやってもおらぬ罪で罰を受けるのは、いやだ。わたしがおぬしを助けるから、おぬしも助けてほしいと願ってくれ。願ってよいのだ、淡海」

淡海が声をつまらせ、立ち尽くす。

知らなかった。言葉はつながってゆくのだ。

内侍省《ないじ》や下級宦官の宿舎というのは、後宮の南にある。温螢と淡海をつれて、寿雪は宿舎に向かった。

「牧憲《ぼくけん》を殺した者は、金の杯を奪っている。ならば簡単だ。金の杯の行方《ゆくえ》を追えばよい」

金の杯は牧憲の持ち物だったのだ。失せ物さがしは烏妃《うひ》の得意とするところである。

牧憲の部屋は宿舎の角にあった。狭く粗末な部屋だが、整然として掃除が行き届いている。住人の性格だろう。牧憲が倒れていたであろう場所だけ、赤黒く変色した血がこびりついていた。

寿雪《じゅせつ》は部屋を見まわす。よく片付けられているぶん、物がすくない。寿雪は櫃《ひつ》に残っていた衣と、褥《しとね》に落ちていた毛髪とを几《つくえ》に置いた。ふところから木のひとがたをとりだす。用意させた筆をとり、墨でひとがたに牧憲の名を記した。それに髪の毛を巻きつけ、衣の上に置く。寿雪は髪から牡丹《ぼたん》の花を外して、息を吹きかけた。花弁が玻璃《はり》のように砕け散り、ひとがたの上にふりそそぐ。

ひとがたが細かく震えだした。輪郭がゆっくりと溶けて、ふくらむ。髪の毛がそのなかにとりこまれ、形はよじれる。やがてそれは黒い靄《もや》のようなものに姿を変え、衣をまとって、ひらりと几からおりた。生きた人間のように歩きだす。あいた扉から出ていったのを、寿雪たちは追いかけた。

衣をまとった靄は、すぐ近くの部屋の前で立ち止まっていた。やはり下級宦官の部屋だろう。

「これは誰の部屋だ？」

「訊いて参ります」温螢《おんけい》が言うのを、「あけたほうが早い」と淡海《たんかい》がさっさと扉に手をかけた。寿雪《じゅせつ》はひとがたにふうと息を吹きかける。靄が散って消え、衣が床に落ちた。

部屋には誰もいない。

「――娘娘《ニャンニャン》」

淡海が部屋のなかほどにある、几を指さした。その上に、金の杯がぽつりと置かれていた。

温螢は部屋の住人が誰なのか内侍《ないじ》省まで確認しに行く。寿雪は金の杯を手にとった。金の杯とはどんなものかと思っていたが、なるほど、見事な杯だった。金を薄く打ちのばして作られており、力をこめるとぱきりと割れてしまいそうなほど繊細で軽い器だ。外側には蓮花《れんげ》や牡丹、蔓草《つるくさ》の文様が精緻《せいち》に刻まれている。

――いやなものは憑《つ》いておらぬな。

牧恵は祟りなどと言っていたが、そういうものは、往々《おうおう》にして偶然と思いこみの産物であることが多い。

だが、造作の美しさにはじっと見入ってしまう。至高の職人技であることは間違いなく、強くひとを惹《ひ》きつける器だろう。欲しくてたまらなくなる、という気持ちもわかる気がした。

足音が近づいてくる。温螢《おんけい》……だけではない。数《かず》が多い。廊下に出てみると、温螢は宦官を五人ほど引きつれていた。刀を帯びている。勒房子《ろくぼうし》の宦官たちである。まさか淡海《たんかい》を捕まえにきたのか、と一瞬警戒したが、彼らの様子からするとそうではないようだ。勒房子の面々はいずれも顔に困惑の色を浮かべていた。

「娘娘《ニャンニャン》、妙なことに」

「どうした」

冷静沈着な温螢がめずらしく、焦《あせ》りの色を見せている。

「その部屋の主《ぬし》は漆雕奉《しっちょうほう》という宦官です」

「勒房子勒上《ろくじょう》の漆雕坤《こん》の弟です」

「漆雕？」

――あの次官の弟？

「兄弟で宦官なのか」

「はい。そのあたりの事情は知りませんが……。漆雕奉は牧憲とおなじく内侍省《ないじ》勤めです。確認しに行ったところ、さきほどから姿が見えないと」

「なに？」

「漆雕勒上《しっちょうろくじょう》もです」

温螢《おんけい》のうしろにいた勒房子《ろくぼうし》の宦官が口をはさんだ。

「朝から勒房子に現れず、部屋にもいません。それで後宮内をさがしているところだったのですが――」

そこで温螢《おんけい》と遭遇したのだ。

「いったい、どういうことなのでしょう」

勒房子の宦官たちは戸惑《とまど》っている。寿雪《じゅせつ》は持っていた金の杯を見せた。

「牧憲《ぼくけん》から奪われた金の杯が漆雕奉《ほう》の部屋にあった」

勒房子の宦官たちのあいだに驚きと動揺が広がる。「それは、どういう――」

寿雪は問いかけを無視して部屋に戻る。床や褥を調べ、落ちていた毛髪を拾いあげた。髪の毛の抜け落ちない人間はいない。他人が最も手に入れやすく、だから呪術の道具にされる。

「漆雕奉を追う」

寿雪はふところから、ひとがたをとりだした。

ひとがたを鳥の姿に変え、寿雪はそのあとを追った。鳥は北のほうへ飛んでゆく。温螢に淡海《たんかい》、勒房子《ろくぼうし》の宦官たちも、おなじように鳥を追った。

内侍省《ないじ》の区画を抜け、梅林を通り、水路沿いをひた走る。

漆雕坤《しっちょうこん》と奉《ほう》の兄弟は、なぜいなくなったのか。後宮から逃げだそうとしているのか？

それとも――。

漆雕坤は生真面目だという話だった。

――いやな予感があたらねばよいが。

鳥が上空を旋回している。その下にいるのだ。楊《やなぎ》の並木と赤い太鼓橋が見えてくる。水のせせらぎが近づく。後宮内を流れる小川だ。

ふと、川上から赤い細布が流れてくるのに気づいた。

――いや、違う。布ではない。

「あっ……」勒房子の宦官が声をあげた。川上に急いで駆けだす。

寿雪《じゅせつ》はそのまま立ち止まり、騒ぎを傍観《ぼうかん》していた。もはや寿雪にできることはなかった。

ふたりの宦官が血を流して倒れている。ひとりは小川のほとりで胸を朱《あけ》に染めて事切れ、ひとりは刀を握りしめて半身を水に浸していた。裂けた首筋からしたたる血が川を流れてゆく。

刀を手にしているのは漆雕坤だった。となれば、胸を突かれて死んでいるのが奉であろう。

勒房子《ろくぼうし》の宦官たちが坤《こん》を川から引きあげ、奉《ほう》の隣に寝かせる。死んでどれくらいたっているのか、わからない。宦官のひとりがそこから離れ、青い顔で寿雪《じゅせつ》のそばまでやってくる。

「長官を呼んできます」

そう告げて走り去っていった。

「……漆雕坤《しっちょうこん》が弟を殺して、自害したんでしょう」

唇を引き結んで事態を眺めていた淡海《たんかい》が、ぽつりと言った。

「あの生真面目で慎重な次官が、なんであぁも焦って俺を捕まえようとしたのか、疑問ではありました。弟をかばおうとしたんでしょう。牧憲《ぼくけん》を殺した弟を。俺に罪を着せて」

寿雪は骸《むくろ》のほうを見やる。「かばいきれなかったのだな」

「あのひとの性格じゃ、はなからそんなのは無理な話です。真面目で融通《ゆうずう》の利《き》かない、責任感の塊《かたまり》みたいなひとでしたからね。だから俺とそりが合わなかったわけですが。――漆雕も、没落した名家のひとつなんですよ。家が傾かなければ、優秀な官吏《かんり》になれたでしょうね、彼のほうは。だけど弟は根っからの怠《なま》け者で、宦官になれば、楽して出世ができるかもしれないと思ったらしい。そういう噂話《うわさ》が巷《ちまた》にはあるんですよ。真に受けて宦官になりたがる野郎はそうそういませんけどね」

たしかに、妃や帝《みかど》の覚えがめでたければ、高級宦官になることもできるわけだが。

「弟がどうしても宦官になるといって聞かないから、坤《こん》はいっしょに宦官になったそうです。見捨てられなかったんですね。兄って、そういうもんなんですかね……」

川面《かわも》から、冷たい空気が立ちのぼってくる。この小川のほとりで、漆雕《しつちょう》坤はどんな気持ちで弟の胸を貫いたのだろう。最後にどんな言葉を交わしたのか、寿雪《じゅせつ》には思い浮かばなかった。――だが、いくらかわかることもある。

寿雪は二体の骸のそばに歩みよった。宦官たちは押し黙り、坤の濡れた顔を拭《ふ》いてやっている。それだけで坤が勒房子《ろくぼうし》のなかでどういう存在だったのかわかる。

坤の顔に苦悶《くもん》の表情は浮かんでいなかった。

――誤った道をねじ曲げて、正しくしてしまおうとしたのだな。

守りたい者のために。

それは、寿雪とおなじだった。

寿雪はうしろをふり返り、温螢《おんけい》と淡海《たんかい》の顔を眺める。

守ると決めたなら、後戻りしてはならないのだと、思い知った。立ち止まっても、うしろに戻る道はない。

寿雪《じゆせつ》はふところから手巾《しゆきん》をとりだすと、坤《こん》の顔を拭いている宦官にさしだした。彼は驚いたように寿雪を見あげ、戸惑いつつも一揖《いちゆう》して受けとる。その手巾でふたたび拭きはじめた。

「……魂が迷わず海を渡れるよう、絲羽《しう》を焚《た》いてやろう。わたしが焚けば、迷うことはない」

弔《とむら》いの儀式だ。道しるべの鳥が、あわれな魂たちを導いてくれるだろう。

「烏妃《うひ》さま」

嗚咽《おえつ》まじりの声がする。勒房子《ろくぼうし》の宦官たちは寿雪の前にひざまずき、長いこと顔をあげなかった。

寿雪の焚いた絲羽の煙が細くたなびくのを、淡海《たんかい》は遠目に眺めていた。

漆雕坤《しつちよう》の部屋からは、勒房子の長官に宛てた文《ふみ》が見つかった。弟の奉《ほう》は、牧憲《ぼくけん》が金の杯を持っているのを知って、どうしても欲しくなったのだという。それであの晩、牧憲を殴って杯を奪った。あれで死ぬとは思わなかったと弟に泣きつかれたのだと、坤は文に綴《つづ》っていた。ひと殺しは死罪だ。坤はたったひとりの弟を死なせたくはなかった。それで牧憲の身の上を調べ、淡海に罪を着せることにした。そんなことをするべきではないとわかっていたが、弟を助けたいという気持ちに抗《あらが》えなかった、という。それでも坤《こん》は結局、自責の念にかられてすべてを壊したのだ。弟を自分の手で殺し、さらに自《みずか》らの喉《のど》を切り裂くことで幕を引いた。

――どう考えても弟はどうしようもないやつだ。見捨ててしまえばよかったのに。

淡海《たんかい》はそう思うが、それができたならそもそも坤は宦官になっていないだろう。淡海に兄弟はいないが、たとえば従姉《いとこ》に頼まれたなら、どうしただろう、と考える。きっと助けた。ほかの何者をも敵にまわしても。なにせ、あの従姉を愛していたのだから。

――娘娘《ニャンニャン》だったら？

寿雪《じゅせつ》をかばい、すべてを敵にまわすことになったら、どうだろう。

「温螢《おんけい》」

淡海は、姿は見えないがどこか近くにいるであろう朋輩《ほうばい》を呼んだ。

「俺はこれから、なにがあっても娘娘を守るよ」

木立のあいだから温螢が姿を現す。

「おまえもそうだろう？」

「当然だ」

温螢の返答はいつも短く、迷いがない。淡海は目を細めた。

「だったら、気を引き締めねえとな」

「ゆるんでいるのはおまえだけだ」

「娘娘《ニャンニャン》は危うい」温螢《おんけい》の言葉を無視してつづける。「娘娘は困っている者がいれば、それがひとであろうと幽鬼《ゆうき》であろうと、助けようとするんだろう。市井《しせい》であれば有徳のひとですむかもしれんが、ここは後宮だ」

「……」温螢は淡海《たんかい》の言わんとしていることを察して、目を鋭くする。

「危険視する輩《やから》はかならず出てくる。ことに、娘娘はただの妃ではない……」

ただの妃であれば、まだよかったのかもしれない。淡海も烏妃《うひ》というものがどういう存在なのか、知りはしない。だが、ひとつ間違えばとんでもない権力を持てる妃であるのはわかる。烏妃の不思議な力と、寿雪《じゅせつ》の人柄。

「娘娘は、その気になれば後宮を支配できる」

すでにその兆《きざ》しは表れている。

「勒房子《ろくぼうし》の宦官たちは、今回の件で娘娘にそりゃあ感謝してるぜ。宦官なんざ、死んだら河原に棄《す》てられるだけだ。弔いもなにもない。おまけに罪人だからな。それを娘娘は憐《あわ》れんで、弔いをしてくれたんだから」

弔いというのは、最後の救いだ。それで救われるのは、死んだ者の魂だけではない。

宮女であろうと宦官であろうと、寿雪《じゅせつ》は手をさしのべる。そうして、信奉者が増えてゆく。寿雪が意図しないままに。

「娘娘《ニャンニャン》は危うい」ふたたびそうくり返した。

「……わかっている」

温螢《おんけい》は殿舎のほうへ顔を向けた。

「だからこそ、われらで守らねばならない」

淡海《たんかい》もうなずいた。温螢と淡海は、寿雪の守り刀である。

煙はもう見えなくなった。淡海は殿舎のほうへ向かいかけて、ふと足をとめる。ふところに入れていた杯をとりだした。金の杯だ。寿雪がもとは淡海のものだからと、渡してきたのだ。

淡海はそれを無造作に地面に投げ捨てた。腰に佩《は》いていた刀を鞘ごと外して、鞘の鐺《こじり》で杯を打つ。乾いた音がして、杯はあっけなく砕けた。

＊

キイ、ハタリ、と機織《はたお》りの小気味よい音が響いている。

「さすがに、宮廷の職人技は見事のひとことでございます」

几《つくえ》に広げられた三枚綾《あや》の経錦《たてにしき》を眺めて、沙那賣《サナメ》朝陽《ちようよう》が言った。

「これは賀《が》州の生糸を使っている。染料によく染まり、丈夫で切れにくいから、ここまで精緻な模様が織れるのだ」

高峻《こうしゆん》は織りあげられた含綬鳥《がんじゆちよう》と六弁花《ろくべんか》の文様を指で示す。ここは少府監《しようふかん》――宮廷工房にある機殿《はたどの》だった。この一室には十ほどの織り機が並び、軽やかな機織りの音をくり返し響かせている。機織りの音というのは、どうしてこうも落ち着くのだろう。踏み木を踏み替える音、杼《ひ》が通る音、筬《おさ》を引きよせる音……どこかよせては返す波のような、海辺を思わせる音だ。

高峻は朝陽を蚕室から機殿まで、見せてまわっている。案内役や従者を遠ざけ、高峻は朝陽と直接、言葉を交わしていた。

「蚕種を献上してくれたこと、ありがたく思っている」

「畏《おそ》れ多いお言葉でございます」朝陽は拱手《きようしゆ》して神妙に顔を伏せる。「わたくしどものほうこそ、沙那賣への寛大なる御処置、感謝の言葉もございませぬ」

寛大か、と高峻は内心、苦笑する。皮肉なのだろうか。

「そなたが精魂こめて作りだした蚕を、無駄にはせぬ。さらに改良を重ねて、耕作に向かぬ土地に養蚕を普及させたいのだ」

朝陽《ちょうよう》はほんのすこし、目を細めた。なにに納得したのか、ゆっくりとうなずいている。

「やはり陛下の御代《みよ》に蚕を献上できて、ようございました。あなたさまならと、わたくしは賭けたのです」

高峻《こうしゅん》は朝陽の顔を眺めた。

「なにを賭けた？」

「蚕も、末娘もです」

「廟堂《びょうどう》に席が欲しいのか」

外戚《がいせき》として朝廷に乗りこんでくる心づもりがあるのか、と思った。いま、高峻は朝陽の胸のうちを覗きこんでいる。

「まさか」朝陽はふっと笑った。思ったとおり、ひとを惹《ひ》きつける笑みだった。「そのような野心は持ちませぬ。野心は破滅のはじまりです。わが身だけでなく、一族もろとも滅ぼしまする。卡卡密《カカミ》の出であるわれらの一族が存続するためには、けっして政《まつりごと》に欲を出してはならぬのです」

朝陽は抑えた声で、ゆっくりと語る。ひそやかな低い声は、規則正しく響く機織りの音の下から聞こえてくる。

「おわかりになりますか、陛下。わが一族の命運は、わたくしの采配にかかっております。下手《へた》を打てば一族が滅ぶ。栄華《えいが》でも名誉でもなく、沙那賣《サナメ》の安泰《あんたい》、わたくしが望むのはただそれだけでございます」

「沙那賣の安泰……」

「あなたさまの賢明さを、わたくしは深く信頼しております。あなたさまに尽くすことが、一族のためになると信じているのです。それが沙那賣の当主としての務めです」

――いかに異国の地で一族を永らえさせるか。目立たず、細らず……。

朝廷から距離をとり、娘を妃にしながらも政に興味を示さなかった朝陽《ちょうよう》の思惑《おもわく》が、ようやくわかった。

官界は浮き沈みが激しい。古今《ここん》、栄華を極めたあげく失脚した者たちがどれだけいたか。追い落とし、追い落とされ、昨日まで頂点にいた一族が今日には滅亡する。となれば一番安全なのは、はなから権力闘争に加わらぬことだ。

すべては己の一族のため。

高峻《こうしゅん》は笑いたくなった。

野心がないようでいて、とてつもなく利己主義ではないか。

「陛下には、安定した治世を築いていただかなくてはなりませぬ。そのための尽力《じんりょく》は惜しまぬつもりです。──陛下の地位を脅《おびや》かすものがあれば、わたくしが取り除きます」

朝陽《ちょうよう》の声は厳《おごそ》かだったが、ひどく底冷えして聞こえた。


「娘娘《ニャンニャン》、やっぱり裙《くん》はこちらの金茶にしましょう。衫襦《ひとえ》は朱に金の花模様ですから、ちょうどようございますわ。帯はこの朽葉《くちば》色で渋く抑えて……」

九九《ジウジウ》は櫃《ひつ》から色とりどりの衣を引っ張り出しては、嬉々《きき》として寿雪《じゅせつ》の体にあてがう。

「被帛《ひはく》はどういたします？　飴《あめ》色に琥珀《こはく》を縫いつけたもののもいいですけれど、こちらの鮮やかな緋《ひ》色も素敵ですわ」

「どちらでもよい」

「あら、それじゃ困ります、娘娘。ちょっとは好みをおっしゃってくださらないと」

いつも黒い衣に身を包んでいるのだから、好みもなにもない。だがそれでは九九は引きさがらないのがわかっているので、寿雪は被帛を見比べて悩み、緋色を選んだ。

「娘娘はこういうお色がお好きなんですね」

九九がうれしそうにする。

「なんとなく選んだだけだが……なにをうれしそうにしておる？」

「娘娘の好きなものを知るのがうれしいんです」

そんなものか、と思う。

「娘娘《ニャンニャン》だって、陛下のお好きなものを知りたいとお思いになるでしょう？」

「べつに思わぬ」

「まあ、そんなことをおっしゃって。陛下はいつでも娘娘のお好きな食べ物を持ってきてくださいますのに」

「あやつはわたしに食べ物を与えておけばよいと思うておるのだ」

「実際、そうですものね」

「……」

寿雪《じゅせつ》が苦々しい顔で黙りこんだ隙《すき》に、九九《ジウジウ》はさっさと着替えさせてゆく。そのかたわらでは宮女の紅翹《こうぎょう》が、九九があでもないこうでもないと引っ張り出した衣を丁寧《ていねい》に畳んでいた。彼女は口がきけないので、寿雪と九九のやりとりをほほえんで見守っている。年の離れた姉か、母親のようであった。

帯を締め終えると、九九は鏡を見ながら寿雪の髻《たぶさ》に簪《かんざし》や歩瑤《ほよう》を挿《さ》してゆく。そんな彼女の姿を、寿雪は鏡越しにじっと眺めた。

「あ、なにか挿したいものでもございます？　陛下にいただいた櫛《くし》とか」

「違う。——おぬしはそういう衣を好んでおるのか？」

九九《ジウジウ》は薄紅梅《うすこうばい》の衫襦《ひとえ》に薄柑子《うすこうじ》の裙を合わせている。彼女の衣はこうした淡い色合いのものが多かった。

「そうですねえ、あんまり考えたことありませんけど、濃い色より淡い色が好きみたいです。春っぽいからかしら。あたし、春がいっとう好きなんです。暑いのも寒いのもイヤですけど、だんだん寒さに向かってゆく時季っていうのもイヤなんですよね。なんだかさびしくて。だんだんあったかくなってゆくころが一番わくわくします」

「わくわくか。なるほど」

ひとの好みは、聞いてみると面白いな、と思った。そして、聞いてみなければわからない。

「おぬしの言うておったことがすこしわかった」

「なんです？」

「好きなものを知るのは興味深い」

「あら」九九は明るい笑い声をあげた。春の光のようだ。「そうでございましょう？」

「あと、得したような気分になる」

「得ですか」

「前よりおぬしのことがわかったような気になって」

九九《ジウジウ》は小鳥のような黒目がちの瞳をぱちぱちさせる。

「娘娘《ニャンニャン》も、うれしいとお感じになります？」

「うれしい？　……そうか。そうだな。うれしいという気持ちかもしれぬ」

うふふ、と九九は袖《そで》で口を押さえて笑った。

「娘娘にそう感じていただけて、あたしはまたうれしいです」

九九はいつでも己の感情を明確にわかっている。寿雪《じゆせつ》とは違って。寿雪はいつでも、己の感情に戸惑って、手さぐりしている。

九九がうれしそうに笑っているのを見ると、寿雪は胸があたたかくなる。この気持ちをうれしいと呼ぶのか、なんなのか、やはりよくわからない。

「さ、できました。参りましょう」

着飾った寿雪を眺めて、九九は満足そうだ。寿雪を扉のほうへとうながす。出かけるために着替えていたのである。訪ねるさきは泊鶴宮《はっかくぐう》だ。晩霞《ばんか》の見舞いに行くつもりだった。

——が。

「あの、娘娘」

外で星星《シンシン》を散歩させていた衣斯哈《イシハ》が、扉をあけて困惑気味の顔をのぞかせた。胸に星星を抱えている。

「お客人が……」

「客？」

衣斯哈《イシハ》のうしろから、ひとりの宦官がずいとなかに入ってきた。——いや、宦官ではない。

「泊鶴宮《はっかくきゅう》をこっそり抜け出してきたの。あなたに会いたくて」

宦官の格好をした、晩霞《ばんか》だった。

「正式に訪れるとなったら、侍女《じじょ》だの宦官だの引き連れてこなくちゃいけなくて、仰々《ぎょうぎょう》しいでしょう？」

晩霞はいたずらっぽく笑う。高峻《こうしゅん》から気鬱《きうつ》だと聞いていたが、存外、元気そうだ。すこしばかり頬が痩せただろうか。

面食らいつつも、寿雪は九九《ジウジウ》たちに茶の用意をさせる。椅子をすすめて、自身も向かいに座った。

「いまから訪ねるつもりだったのだが」

「あら、そうだったの？　でも一度やってみたかったの、こっそり抜け出すって。ねえ、似合っているかしら。あなたが宦官のふりをして出歩いているって聞いて、わたくしも真似したくなったのよ」

「まあ……似合っておるのではないか」

「うれしい」

晩霞《ばんか》の声は明るい。明るすぎるほどだ。だからかえって心配になる。

「体の具合はよいのか？　無理をしておるのではないか」

「大丈夫よ。体はどこも悪くないの。ときどき気分がふさぐだけ」

「……それならよいが。あたたかいものを食べて、養生《ようじょう》したほうがよい」

「そうね。そうするわ。――このあいだは、どうもありがとう。繭《まゆ》のこと」

繭の窃盗《せっとう》騒ぎの件である。

「あなたが動いてくださったから、大事にならずにすんだわ。勒房子《ろくぼうし》が出張ってきて大捕り物になっていたら、伏せておくことはできなかったもの。お父さまもすんなり蚕種を献上するわけにはいかなかったかもしれない」

あの件はひっそりと片をつけられ、表沙汰《おもてざた》にはなっていない。沙那賣《サナメ》との関係悪化を懸《け》念《ねん》したからだ。朝陽《ちょうよう》の耳には入っているのだろうが。

「ねえ、お礼にあなたに今回の生糸で織った反物《たんもの》をさしあげるわ。いま織っているところよ」

「それは高《こう》……帝に献上するものではないのか？」

「献上もするけれど、それとはべつに一反、わたくしが織るわ」

「おぬしが？」

「ええ。わたくし、織りの腕はあまりよくないのだけれど。でも、あなたに受けとってほしいの。もらってくださる？」

晩霞《ばんか》がすがるように言うので、寿雪《じゅせつ》はうなずいた。「ああ……」

「うれしい。わたくし、一生懸命に織るわね」

相変わらずこの少女は、無邪気なようで空虚さを感じさせる。大丈夫だろうか、と思う。

「……悩みごとでもあるのではないか？」

晩霞はちょっと唇を閉じ、目をしばたたいた。涙がこぼれるのではないかと思ったが、そんなことはなかった。泣きそうに見えたのだが。

「あら、いいえ」晩霞は笑う。「でも、そうね――いま、お父さまが来ているのよ。ご存じ？」

「ああ、そうであったな」

「この折に会うことになりそうなのだけれど、気が重いの。お父さまは厳しいかただから」

「会わねばよい」

寿雪が言うと、晩霞は「ふふっ」とおかしそうに笑った。

「でも、会いたいのよ。お父さまですもの。わたくしのこと、褒《ほ》めてくださるかしら……お叱《しか》りになるかしらね」

独り言のように言って、目を伏せる。それからぱっと顔をあげた。

「あ、そうだわ。お兄さまたちも来ているのですって」

「ほう。おぬしの兄か」

以前、話を聞いた気がする。

「一番上の兄と、三番目の兄――これはわたくしのすぐ上の兄。前にお話ししたわね、ふふ。一番上の兄はえらそうで、三番目の兄は意地悪だって。こんなこと言っていたと知ったら、怒られるわ。あのねえ、二番目の兄はまだまし、よ。あのひとが一番お父さまに似ているわ。えらそうでもないし、意地悪でもないけれど、なにを考えているかわからないひと。あの兄が賀州《がしゅう》に残されてきたのは、お父さまが最も信頼しているからでしょうね。あのひとが跡継ぎになるんじゃないか、なんて噂もあるわ」

そんな内情の話をわたしにしてもいいのか、と寿雪《じゅせつ》はちらりと思ったが、「そうか」とだけ言った。

「ねえ、寿雪」

晩霞《ばんか》は笑みを消して、小声でささやいた。

「お父さまには、気をつけてね」

寿雪《じゅせつ》は眉をひそめる。どういうことだ、と口にする前に、晩霞《ばんか》は立ちあがった。

「わたくし、もう戻るわ。侍女たちに気づかれてしまう前に」

晩霞はくるりと身を翻し、軽やかに殿舎を出ていった。体の重みがあるのか不安になるほど、軽い足どりだった。


回廊を足音高く歩き、ひとりの青年が部屋に入ってきた。露草《つゆくさ》色の長衣がよく似合う、顔立ちの美しい青年だ。向こう気の強さが目に表れているのが玉に瑕《きず》でもあり、魅力でもあった。瞳はいつも星を宿したようにきらめいている。

「兄上、父上はいずこに？」

「奥の間に。なにやら文を書いておられる様子」

部屋で茶を飲んでいた晨《しん》は、落ち着いた口調で答える。沙那賣《サナメ》晨――朝陽《ちょうよう》の長男である。彼のほうは、風流人好みの渋い柳茶の長衣に身を包んでいる。弟のような気の強さも、父のような鋭さもその眼光には見られない。まなざしからは由緒ある豪族の嫡男《ちゃくなん》としての矜持《きょうじ》を、引き締まった口元からは父譲りの厳しさを感じさせた。

「文だと？　このようなときに、いったい誰に」

「知らぬ。父上のなさることをいちいち詮索《せんさく》するな、小弟弟《シヤオディディ》」

朝陽《ちょうよう》の三男である亮《りょう》は、眉をよせてきりりとにらんでくる。感情がすぐ顔に出るのは彼の悪い癖《くせ》だった。いつまでも子供じみていて困るな、と兄である晨《しん》は思い、亮は亮で、この長兄のことを『えらそうに』と思っている。

「賀《が》州に残っていればよかった。退屈でかなわん」

亮は椅子にどっかと腰をおろす。晨はそうは思わない。沙那賣《サナメ》一行に与えられた離宮、鯊門《さもん》宮は、それは見事な御殿だった。目にも鮮やかな丹塗《にぬ》りの柱に、精緻な細工の吊り灯《どう》籠《ろう》、欄間《らんま》の透かし彫り。黒漆《こくしつ》でそろえた調度類は螺鈿《らでん》細工が美しく、銀の盆から玻璃の酒器まで、ひとつ残らず優れた造りだ。宮廷工房には国内随一《ずいいち》の職人たちが集まっていると聞くが、その一端を垣間見《かいまみ》た気分だった。

「ついてこずともよいと言ったのを、行くと言ったのはおまえだぞ。いまさら子供のように文句を言うな」

「ふん」と亮はそっぽを向く。苛立《いらだ》っている。

「兄上は悔しくないのか。米も絹もあんなに貢《みつ》いだのに、蚕種までとりあげられて」

「とりあげられたのではない。献上だ。貢ぐ程度ですんでよかったのだ。苛烈《かれつ》な帝であったなら、一族郎党ことごとく処刑されていたやもしれぬ」

朝廷に納める租《そ》をごまかすということは、帝に楯突《たしつ》くということである。反逆罪に問われてもおかしくない。恨むべきは大叔父《おおおじ》だ。

「われらは軍を持たぬ。富と知恵がわれらの武器だ。蚕種はいつまでも門外不出にはしておけぬ。機を見失えば力ずくで奪われてもおかしくなかった。父上は最もよい機会に譲歩して、帝に恩を売ったのだ」

亮《りょう》は不満げに黙りこむ。まったく、と晨《しん》はため息をついた。亡き母の美貌を最も受け継いだのはこの三男だったが、向こう気の強さまでそっくりだった。

「……兄上は父上のなさることはなんでも正しいと思うのか」

「すこし違う。父上は、沙那賣《サナメ》の不利益になることはひとつもせぬ」

「結局、父上にすべて従うということじゃないか」

「当たり前だろう」

沙那賣はことのほか年長者を敬う。父親の言うことは絶対だ。これは身に染《し》みついた掟《おきて》だった。

「だったら、兄上は二の兄上に跡目を継がせると父上が言ったら、従うのか」

二の兄上――次男だ。

晨は亮をにらみつけた。亮は目をそらす。

「……俺は不安なんだ、兄上。父上は、ここでなにをなさるおつもりだ？」

「どういう意味だ」

「蚕種を献上して、ただ京師《みやこ》を物見遊山《ものみゆさん》して帰るわけじゃないだろう。なにか腹積もりがおありになる」

亮《りょう》は幼いころから、妙に神経質で勘の鋭いところがあった。それでさんざんに乳母《めのと》を手こずらせたものだ。

晨《しん》の脳裏に文をしたためていた父の背中がふっと浮かんだ。父は無駄なことはしない。あれは誰に宛てた文だろう。

「……俺にもわからぬが。父上は、つねに沙那賣《サナメ》のことを考えて動かれる。案じずともよかろう」

「父上は、われらにはなにひとつ相談をなさらない」

亮はぽつりと言った。「なにひとつ」

晨もわかっている。

――父上は、われらのことなど、頼りにしていないのだ。

墨は告げる

とん、と高峻《こうしゅん》は指を静かに碁盤《ごばん》の上に置いた。

「このときにはここに打たねば、この石は助からない」

寿雪《じゅせつ》は盤上のべつのところを指さす。

「でも、こちらに打てば……」

「さらに石をとられるぞ。どんどん地が減るだけだ。陣地取りなのだから、思いつきで打たずにさきを思い描いて地道に打っていかねば」

むう、と寿雪は眉をよせた。碁を打つのは難しい。

「どこまでさきを読めばよいかわからぬ」

「慣れと勘だ。慣れればわかるようになる」

寿雪は椅子の背にもたれた。「きっと、慣れるころには年寄りになっておるぞ」

高峻はすこし笑った。

「おたがい、年寄りになっても打てばいいだろう」

「……それくらいの歳にならねば勝てぬと思うておるな」

「いや、――どうだろうな」

年寄りになっても勝てぬだろう、と言いかけたに違いない。高峻は案外、負けず嫌いだと思う。寿雪では勝てぬと踏んでいるので、いつも涼しい顔をしているが。

――年寄りになっても、か。

以前は年寄りになったときのことなど、考えもしなかった。考えるのがいやだったのだ。たとえその歳まで生き抜いたとしても、苦しみしかないと思っていたから。

「お茶をお持ちしました」

九九《ジウジウ》が茶の香りとともにやってくる。寿雪《じゅせつ》と高峻《こうしゅん》は碁盤を置いた窓辺から几《つくえ》のほうへと移った。ふたりが帯から提《さ》げた魚形《うおがた》の飾りがそろって揺れる。

「陛下《へいか》がくださった蕪州《ぶしゅう》のお茶でございます。香りがとてもよろしゅうございますね」

やわらかな湯気とともに広がる香気は、たしかに透きとおっていて格別だった。夜気がひんやりと肌を冷やすなか、茶のあたたかさにほっとする。几には棗餡《なつめあん》の焼餅《やきもち》も用意されていた。高峻が持ってきたものである。相変わらず、食べ物を携《たずさ》えてくる癖《くせ》がなくならない。

「そなたは蓮《はす》の実が好きなようだから、餡をそちらと棗とで迷ったのだが。蓮の実のほうがよかったか？」

「蓮の実は好きだが、こちらはこちらでおいしいからよい」

蓮の実餡はほっくりとして、棗餡は甘酸っぱい。どちらも美味である。旺盛に食べ進める寿雪に、高峻は満足しているようだった。高峻が望んだとおりの反応をするのも癪《しゃく》に障《さわ》るが、おいしいものはおいしいのでしかたない。

「残りは九九《ジウジウ》たちにやろう。衣斯哈《イシハ》はもう寝ておるから明日だな」

寿雪《じゆせつ》が盆をさげさせようとすると、高峻《こうしゆん》が「そのぶんはべつに厨《くりや》に届けてある」と言った。

「用意がよいな」

「ここもひとが増えたからな」

高峻は部屋を見まわす。いまは高峻と寿雪のふたりきりだが、昼間となればそれなりに賑《にぎ》やかになる。

「ひとが増えたのはおぬしのせいでもあろう。もっとひとを置けとうるさかった」

「宮《みや》としてはまだすくないくらいだが……人手は足りているか?」

「足りておる。淡海《たんかい》などは護衛にもっとひとがいるとうるさいが、あれは自分が怠《なま》けたいだけであろう。温螢《おんけい》はふたりでじゅうぶんだと申しておる。護衛の者は多ければよいというものではないと」

「そうか」

高峻はすこし意外そうに寿雪を眺めた。

「なんだ?」

「いや……思いのほか護衛の者たちと心やすく接しているんだな。ひとを増やすことを渋っていたから、意外だった」

寿雪《じゅせつ》は目をそらす。宮女も宦官《かんがん》も置くなというのは麗娘《れいじょう》の言いつけだった。烏妃《うひ》はひとりで在《あ》るもの。それを破ってしまっているので、寿雪はいくらかうしろめたい。

――だが。

「……そばに置いたからには、主人として守ると決めた。おぬしも言うておったであろう。手をさしのべたなら最後まで面倒を見るべきだと」

高峻《こうしゅん》はかつて、夜明宮《やめいきゅう》に衣斯哈《イシハ》を迎えるかどうか迷う寿雪に、言った。

――そなたも、愛情をそそぐ者がいていいはずだ。それがひとりでも、ふたりでも、何人であっても。

その言葉の意味が、すこしずつわかりかけている。

「まわりにひとを置けば己《おのれ》が弱くなると思うておったが、違うのだな」

従者は主人を守るのではない、強くするのだ。彼らを守るために、寿雪は強くあらねばならない。なにがあっても倒れない、大樹のようでなくては。

高峻はまぶしそうに目を細めた。

「そなたがそう思えるようになったのであれば、よかった。少々さびしいような気もするが」

「さびしい？　なにゆえそう思う」

「さあ……」高峻《こうしゅん》は無表情に首をかしげる。「雛《ひな》が巣立つのを見るような気分だろうか」

「誰が雛だ」

「というのもすこし違うか。そうだな……」高峻は生真面目《きまじめ》に考えこむ。「そなたに私以外の親しい者が増えてゆくのが、どこかつまらないのだろうな……」

寿雪《じゅせつ》は高峻の顔をつくづくと眺めた。「つまらない？」

「横取りされたような気分になる」

「わたしは物ではないぞ」

「わかっている。だが、実際にそういう気分になるのだからしょうがない。そなたはそんな心持ちになったことはないか」

「な――」

ない、と答えかけて、寿雪はとまる。いや、待て。さびしいような、面白くない気持ち……。ふと思い浮かんだ顔があった。

令狐之季《れいこしき》である。

「……」

黙りこんだ寿雪《じゅせつ》に、高峻《こうしゅん》は「いや、わけのわからないことを言った。すまない」と謝った。

「自分でもよくわかっていない。忘れてくれ」

寿雪が高峻と之季《しき》に感じるもやもやとした気持ちを言葉にする前に、高峻はさっさと話題を切りあげてしまった。

沈黙が落ちる。それが妙に長く感じた。遠くで刻《とき》を告げる太鼓の音がする。

「……そろそろ帰るが、今度来るときになにか持ってきてほしいものはあるか？」

高峻が椅子から立ちあがる。

「ない」

「ひとが増えたぶん、必要になってくるものもあるだろう。なにかあれば文《ふみ》でも寄越《よこ》してくれればいい」

「だいたいのものは花娘《かじょう》が持ってくる。書でも筆でも硯《すずり》でも、こちらがなにか言う前に」

「ああ、なるほど……さきを越されているのだな。そのあたりの察しのよさは、花娘にはかなわない。どうしたものか」

「競うことではあるまい」

「結局、うまいものを持ってくる以外、できそうにないな」

無表情のまま、いくらか残念そうに言う。おかしな男だと思う。寿雪《じゅせつ》に気を遣《つか》うより、ほかの妃《きさき》に花のひとつでも持っていってやればいいものを。

「食べ物がいちばんよい」

寿雪がそう言うと、高峻《こうしゅん》は「そうか」と微笑した。

扉をあけると、外では衛青《えいせい》が待っていた。このところ、彼はなかには入らず、扉のすぐ外で待っていることが多い。理由は知らない。寿雪を一顧《いっこ》だにせず、高峻に対して膝《ひざ》をつく。「凝光殿《ぎょうこうでん》に戻る」と高峻が言うと、衛青は手燭《てしょく》に火を灯《とも》し、さきに立って歩きだした。寿雪はその場に佇《たたず》み、ふたりの背中を見るともなしに見ている。高峻が帰るときには、なんとなく、遠ざかる灯火を見送るのが癖になってしまった。

──おたがい、年寄りになっても打てばいいだろう、か。

揺れる灯火を眺めながら、寿雪は高峻の言葉を反芻《はんすう》している。

──老婆《ろうば》と老爺《ろうや》になっても、変わらずともにいる、ということだ。

ごく自然に紡《つむ》がれた高峻の言葉は、寿雪の足元を照らしだす。いつでもそうだ。そうして見えないと思っていた暗闇《くらやみ》のさきに、すこしずつ道ができてゆく。

高峻と衛青の人影をうっすらと浮かびあがらせていた灯火は、しだいに遠くなる。

暑さの名残《なごり》も薄れ、冷涼さが夜ごと増してゆくなかで、暗闇は透きとおり鋭くなってゆくように思える。夏のとろりと淀《よど》んだ濃い闇はない。澄み切っているのに、闇の向こうはやはり闇だ。澄んでいるぶん、純度が高い。夜気に混じって、息をするたび、胸のなかに染《し》みこんでくるようだ。

灯火が見えなくなるころには、衣《ころも》は闇を吸って、重く冷えていた。

手燭の炎が揺らめいている。それで前方を照らしながら、衛青《えいせい》の心中も揺れていた。

「衛青、外に出ずともいいのだぞ。べつに密談をしているわけでもないのだから」

「は……」

高峻《こうしゅん》はそう言うが、衛青は寿雪《じゅせつ》をどう見ていればいいのかわからず、居たたまれないのだ。こんな心持ちになるとは、思いもしなかった。たかが、異母妹《いもうと》かもしれないというだけで。ときがたつにつれて、そのことが胸に重くのしかかってくる。

――血のつながりとは、これほど強いものなのか。

それはおそらく、衛青が宦官だからだ。父も母もすでになく、このさき血を分けた者は生まれない。ずっと血のつながりというものとは無縁なのだと思っていた。衛青には高峻という尽くすに値《あたい》する主《あるじ》がいるが、従者という立場を離れると、この世にただひとりきりであるという感覚がぬぐえなかった。

──妹。

荒波のように、衛青《えいせい》の胸のうちは揺れ惑《まど》っている。

──あの娘は大家《ターチャ》にとって、危険な存在でしかないのに。

烏妃《うひ》というだけではない、彼女は前王朝の生き残りなのだ。

高峻《こうしゅん》は、あの娘に近づきすぎてはいけない。友という関係もどうかと思うのに、もし……。そんな恐れが衛青のなかから離れない。

衛青はちらりと背後をうかがう。高峻はわかっているのだろうか。誰にも見せたことのない表情を、寿雪《じゅせつ》に見せていることを。もはや友情とも恋情ともつかない、とてつもなく大きななにかがそこにはある気がして、衛青は恐ろしくてならなかった。

＊

黴《かび》くさいような墨のにおいが、不思議と落ち着く。竹簡《ちくかん》の巻物を棚からとりだして、之《し》季《き》はゆっくりとそのにおいを吸いこんだ。

洪濤《こうとう》殿書院の史館は大広間といくつかの小部屋からなり、それらすべてが書庫である。さらに城内にはほかにも史館があるから、蒐集《しゅうしゅう》された典籍《てんせき》は膨大《ぼうだい》な数にのぼる。史書を編《へん》纂《さん》する作業を中心とした史館もあれば、国中の家伝や地方史、地誌を蒐集した史館もあり、古い公文書を保管した史館もある。いずれもそもそもは史書編纂のために蒐集された書物だが、書物は貴重な財産であるというのが前王朝からの変わらぬ方針で、国の内外種類問わずいまも集められているそうだ。

典籍蒐集は、前王朝の初代皇帝が法令で国中から地誌、伝奇書のたぐいを献上させたのがはじまりらしい。献上した者には褒美《ほうび》として賞絹《しょうけん》が与えられたというから、ずいぶん熱心かつ大がかりに蒐集したのだろう。

この史館には、古い法令書から色彩豊かな異国の写本まで雑多な書物が収められている。紙はもちろんのこと竹木簡《ちくもつかん》もあれば帛《はく》（絹布《けんぷ》）書《しょ》もあり、種類別に分けられ、それぞれの書庫に収められていた。とくに前王朝時代に何代目かの皇帝の肝入《きもい》りで行われた、書庫の片隅で埃《ほこり》をかぶって朽《く》ちかけていたような古文書《こもんじょ》を集めて書写《しょしゃ》し直し、編纂したものは、昔の習俗を知るうえで価値が高い。

「令狐《れいこ》さん、何中書令《かちゅうしょれい》がこちらも追加で持ってくるようにと」

学士見習いがやってきて、之季《しき》に紙片を渡してゆく。新しく中書令になった何明允《めいいん》は、ひと使いが荒い。どの書物がどの書庫にあるか、最も把握しているのは之季なので、だいたいこうして言いつけられる。之季を学士に推薦したうえ、屋敷に居候《いそうろう》させてくれているのが明允《めいいん》なので、之季《しき》は逆らえない。落ち着いたら住まいを移るつもりでいたのだが、どうせ部屋が空《あ》いているのだからいればよいと、引き続き明允の屋敷に留《と》め置かれている。

――手元に置いて、妙なことをしないように見張っているのもあるのだろう。

おそらくまだ完全には信用されていない。沙那賣《サナメ》朝陽《ちょうよう》とのつながりを疑われている。

実際のところ、之季はいいように使われただけなのだが。

之季は朝陽の叔父《おじ》に毒を盛られ、賀《が》州を逃れた。朝陽がその気になれば、之季は生きて賀州を出られなかっただろう。之季が無事に逃げられたのは、沙那賣の疑惑《ぎわく》を中央へ届けさせるためだ。悪事が伝わっていたほうが、のちに叔父を始末するときにちょうどいい。

観察副使を毒殺しようとしたことも、陛下はご存じだ、と――。

癪に障る男だ、と思う。こちらは死にかけたうえに疑われている。踏んだり蹴《け》ったりだ。

朝陽は八真教《はっしんきょう》ともつながっていたのだろうか？　それとも、つながりがあったのは朝陽の叔父だけか。

――八真教の白雷《はくらい》。

あの教主のことを考えると、ふっと影がさしたように胸がうそ寒くなる。暗い憎しみが湧きあがってくる。あの男のせいで妹の小明《しょうめい》は死んだのだ。

八真教の前身は月真教《げっしんきょう》といった。そこの信徒だったのが、小明の婚家だ。小明は婚家のひとびとに撲殺《ぼくさつ》された。彼らを煽動《せんどう》したのが、白雷《はくらい》だ。婚家の人間はすべて処刑されたが、白雷はのうのうと生きている。小明《しょうめい》の無残な骸《むくろ》が目に浮かぶたび、身が震えるような怒りを覚えた。憎んでも憎み足りない。

はっと、右腕を見やる。袖《そで》をつかむ白い手があった。か細い、頼りない女の手。小明の手だ。之季《しき》は目を閉じ、息を吐いて、ふたたび袖を見る。手は消えていた。

之季の憎しみを諫《いさ》めるように、白い手は現れる。之季が白雷を憎むかぎり、妹の魂は楽土へ渡れない。小明を楽にしてやりたい、だが、憎しみも消せない。

──なぜ、憎ませてくれない。

之季は棚にもたれかかる。前もうしろも道が閉ざされているようだった。

「……もし、あなた。大丈夫ですか」

涼やかな女性の声が聞こえて、之季はふり返った。

翡翠《ひすい》色の衫襦《ひとえ》に青磁の裙《くん》を身にまとった、美しい女性が立っている。鴦妃《おうひ》・雲花娘《うんかじょう》だ。うしろに侍女《じじょ》や宦官を伴っている。彼女はときおり、書物を借りにここを訪れるのだ。之季は以前にも一度、ここで彼女に会っていた。

「──失礼いたしました、鴦妃さま」

之季はひざまずいて礼をとる。花娘は「どうぞ、お立ちになって。どこか具合が悪いのでしょう」と気遣った。

「いえ、大丈夫でございます。少々寝不足なだけですので」

「まあ、寝不足はいけませんよ。体を悪くするもとです。寝不足くらい、と侮《あなど》ってはいけません。よく効く薬湯《やくとう》をお飲みになるといいわ」

「は……。ありがとうございます」

揖礼《ゆうれい》して、花娘《かじよう》が立ち去るのを待つ。が、視界に入る青磁の裙は動かなかった。銀糸《ぎんし》で刺繍《ししゆう》された連珠文《れんじゆもん》がよく見える。妃の筆頭《ひつとう》でありながら、華美に傾かず品よく抑えた装《よそお》いが彼女の知性を物語っていた。――が、立ち去らないのはなぜだろう。さがしてほしい書物でもあるのだろうか。

「あなたはたしか、歴《れき》州のご出身でしたね。いつごろまでいらしたの？」

なぜそんなことを訊《き》くのか、といぶかしみつつ、之季は答えた。

「二十歳《はたち》のころまでおりました。それ以降は地方官としてあちらこちらに」

「そうですか。……」

花娘はなにか言葉をのみこんだようだった。之季は、前に高峻《こうしゆん》が言っていたことを思い出す。彼女は歴州で知人を亡くしている、と。

――月真教の暴動で、だろうか。

そう思ったが、こちらから訊くわけにもいかず、黙っていた。歴《れき》州で広まっていた月真教は、最後、信徒の暴動によって壊滅した。それから数年後、賀《が》州を中心に広まったのが八真教で、こちらも教主・白雷《はくらい》が賀州追放となり瓦解《がかい》している。が、どうせ白雷はまたおなじような組織を作るのではないかと之季《しき》は思っている。

「『海隅神異経《かいぐうしんいきよう》』をお借りしたいのですけれど、どこかしら？」

花娘《かじよう》はさきほどの問いなどなかったかのような様子で、そう尋《たず》ねた。之季《しき》も素知らぬ顔で対応する。

「前王朝時代にまとめられた伝奇でございますね。こちらに」

書庫の奥へと案内する。静寂《せいじやく》のなかに墨のにおいがただよい、花娘が髪に挿《さ》した歩瑤《ほよう》が揺れて音を立てる。その音色のように涼やかなひとだ、と之季は思う。そして、どこかかなしいひとでもある気がした。理由はしかとはわからないが。

「あっ……」

背後で花娘がかすかな声をあげた。「どうかしましたか」とふり返ると、花娘は足をとめて横にある棚の奥を見つめていた。

「どうかしましたか」と之季はくり返した。

「……そこに学士のかたがいるように思ったのですが」花娘は首をかしげる。歩瑤がしゃらりと鳴った。「気のせいだったようですね」

「ああ」

之季《しき》も棚の奥に目を向ける。

「ご覧になりましたか。学士はたいてい見ておりますが」

花娘《かじよう》はまじまじと之季の顔を見つめた。

「どういう意味です？」

「幽鬼《ゆうき》です。たまに現れるのです」

平然と言う之季に、花娘は驚いている。「とくに害はございませんので」と之季は付け足した。

「己の書をさがしているのだそうですよ。ほんとうかどうかは、知りませんが。私もほかの学士から聞いただけですので」

「書を……？」

「前王朝時代の経生《きょうせい》だそうです。『海隅神異経』もそうですが、あの時代に皇帝の命《めい》により、放置されていた古文書が書写し直されました。その書写を行ったのが経生と呼ばれる者たちです。あの幽鬼も経生だったのですが、支給された筆だか紙だかを横領《おうりょう》して、処刑されたと言われています。罪人の書写したものを残すわけにはいきませんから、彼が書写したぶんはすべて処分されたそうです。彼はそれを悔しがって、ひとつでも自分の書いたものが残っていないか、書庫のなかをさがしまわっているのだと言います」

之季《しき》があの幽鬼をはじめて見たのは、ひと月ほど前だろうか。書庫で作業をしていて、ふとふり返ると彼がいたのだ。こちらに背を向け、棚の前に張りつき、じっと巻物を眺めていた。ふつうのひとでないのは、すぐにわかった。服装が学士の青緑の袍《ほう》と違い、刈安《かりやす》色であったせいもあるが、あきらかに生者の雰囲気ではなかったからだ。

そう感じたのは、之季が己の袖を妹に引かせたままでいるからか。ともかくも息をひそめて見ていると、その幽鬼はくるりと体の向きを変え、うつむいてとぼとぼと歩いてくる。顔は翳《かげ》が落ちてよく見えない。暗くてもこれだけ近ければいくらか見えるはずなのに、まるで見えないのだ。彼の衣はひどく汚れていた。胸から裾《すそ》の辺り、それから両袖に、墨がついている。なにか筆記の仕事についている者であるのはすぐにわかった。彼はうなだれて力なく歩き、そのまま薄れて消えていった。

そうした姿を、もう三度ほど見かけている。之季が書庫に入《い》り浸《びた》っているので、遭遇する機会も多いのだろう。ほかの学士のなかには、まだ見たことのない者もいた。

「気の毒な幽鬼ですこと」

花娘《かじょう》は憐《あわ》れむように言った。之季は答えずに、棚のあいだを進む。花娘が所望《しょもう》している巻物を見つけ、それを手に戻る。花娘《かじょう》はまだ幽鬼がいたという棚の奥に顔を向けていた。

「烏妃《うひ》さまにお話ししたらどうかしら」

花娘は独りごちる。

「え？」

「いえ──烏妃さまにお頼みしたらどうかと思って。後宮《こうきゅう》のことではないから、わたくしが勝手をしてはいけないかしら。でも、陛下を煩《わずら》わせるのはよくないでしょう？」

「はあ……」

「やはり一度、わたくしからお話ししてみましょう」

自分で結論を出して、納得するように花娘はうなずいた。「烏妃さまに助けていただいたほうが、あの幽鬼もいいでしょう」

「さあ……どうでしょうか」

之季《しき》は、なんとなく反論したくなった。花娘は反対されると思ってなかったのか、目をみはる。

「まあ、どうして？」

「あの幽鬼の気のすむまで、さがすに任せてやればいいのではありませんか。無理に楽土に追いやらずとも」

「無理にだなんて……。それに、いくらさがしたところで、その者の書いたものは残ってないのでしょう？」

「完全にないとは言い切れません。当時を知りませんから。ひょっとしたらあるのかもしれません」

そう、と花娘《かじよう》は考えるように頭を傾けた。また、歩瑤が音を立てる。耳に残る音だ。

「あなたは、幽鬼を楽土へ渡らせたくないのですね」

之季《しき》は己の右袖をちらりと見た。「……そういうわけでは」

楽土へ送ってやれるなら、送ってやりたい。だが――。

「どうにもならぬことも、あるでしょう。すんなり楽土へ渡れる者ばかりではないのですから」

――そうか。俺は、うしろめたいんだな。

自分のせいで、小明《しようめい》を楽土へ渡してやれないことが。

「……申し訳ございません。烏妃《うひ》さまがすこし苦手なのです」

「まあ」花娘はよほど驚いたようだった。「あのかたが苦手？　お会いになったことが？」

「はい。その、私事《わたくしごと》で」

ああ、と花娘は心得たように『私事』を受け流す。『訊かないでくれ』という言外の意思を正しく察していた。

「そうですか。おやさしくて、かわいらしいかたなのですけれど」

「おやさしいかたであるのは、わかります。だからこそ」

之季《しき》は口を閉じる。——だからこそ、責められているように感じるのだ。なぜ憎むのかと。小明《しょうめい》をこの世にとどめてまで、なぜ憎しみを手放せないのだと。

之季の思いが、寿雪《じゅせつ》には通じない。寿雪とはわかり合えない。

自分が悪いのだと、よくわかっている。正しいのは寿雪の言い分だ。小明を解放してやれ。

だが——。

「あなたのおっしゃりたいことは、わかりました。でも、それとここの幽鬼のことは、べつの問題ですね」花娘《かじょう》はものやわらかに、しかしきっぱりと言った。「烏妃《うひ》さまにおうかがいしてみます。あのかたも無理なことはなさいませんから、安心なさって」

花娘は之季の持っていた巻物を手にとる。

「これが『海隅神異経』ですか？　どうもありがとう」

巻物をうしろで控えていた宦官に渡して、花娘は之季にほほえみかける。

「どうぞ、ご自愛なさいませ。——お苦しそうですから」

花娘《かじよう》はきびすを返す。また歩瑤が揺れて、涼やかな音が響く。その音色は、いつまでも之季《しき》の耳から消えなかった。

「阿妹《アーメイ》、洪濤《こうとう》殿の幽鬼をご存じ？」

巻物を手に夜明《やめい》宮を訪れた花娘が、そんなふうに寿雪《じゆせつ》に問いかけた。花娘は寿雪を『阿妹』と親しげに呼ぶ。

「洪濤殿の……？　いや、知らぬが」

「書庫をさまよう幽鬼がいるのですよ。わたくしも、ついさきほど目にしました」

そう言う花娘の口ぶりは落ち着いている。幽鬼を怖がっているそぶりはまるでなかった。さすが最上位の妃と言うべきか。

「後宮だけでなく、城内のあちらこちらにおるのだな。きりがない」

「前王朝からの宮城ですもの、棲《す》みついている幽鬼は多いのでしょうね」

「血を流しすぎなのだな」

処刑、粛清《しゆくせい》、暗殺、呪殺……いったいこの城内でどれだけの人間が死んでいったのか。一族皆殺しの刑もままあるのだから、積もった怨嗟《えんさ》はすさまじかろう。

「それで、洪濤殿の幽鬼と申すのは？」

「前王朝時代の幽鬼なのだとか。洪濤《こうとう》殿学士の、令狐之季《れいこしき》という者をご存じ？」

寿雪《じゆせつ》は茶を飲みかけていたのをやめる。

「……知っておるが。新参の学士であろう。前は賀《が》州の観察副使をしておった」

「その者が教えてくれました。――あのかたは、さびしいひとですね」

寿雪は之季の風貌を思い浮かべる。裕福な商家の生まれのような、いかにも好青年ふうの柔和《にゆうわ》な面差《おもざ》しをしているわりに、瞳が暗く翳があった。春先の日陰のようだ、と思ったのを覚えている。あたたかいと思っていたら、はっと寒さに驚かされるような。

「……翳のある男であったな」

なにかの拍子《ひようし》に暗い淵《ふち》に落ちてしまいそうな、危うさのある男だ。

「その令狐之季が、おぬしに幽鬼の話を？」

巻物を借りにいったさいに話でもしたのだろうと思ったら、はたしてそうであった。

花娘《かじよう》は、書をさがしてさまよう幽鬼の話を語った。ひととおり聞いて、寿雪は考えこむ。

「己の書いたものをさがして、か。いままでさがして見つからぬのであれば、ないのであろう」

それでもさがしつづけている。あわれな幽鬼だ。

「その話がまことであるなら、放っておくのも気の毒に思うが……。洪濤殿か。勝手をしては、高峻《こうしゅん》が困ろうな」

後宮内のことならいざ知らず、許可なく外であまり勝手をしては、帝《みかど》の面目《めんぼく》が立つまい。

ほほ、と花娘《かじょう》が面白そうに笑った。

「陛下の心配をなさるようになるなんて。今度、陛下に教えてさしあげましょう」

寿雪《じゅせつ》は眉をよせる。「あやつにも体面というものがあろう。わたしだって、それくらいは考えてやる」

「ほほ……。阿妹《アーメイ》、文をお書きになってはいかが。それで陛下の許しをいただくのです。そうすれば勝手をしてもお困りにはならないでしょう」

勝手をするのは許可を得ても迷惑なのでは、と思ったが、「そうするか」と寿雪は花娘の案を受け入れることにした。

「陛下とは、ふだんから文のやりとりをなさっているのでしょう？」

「たまにだ」

「よろしゅうございますね」

「あやつが紙を贈ってきたゆえ、使わねばもったいないから、書いておるだけだ」

「そうですか」

花娘はほほえみを浮かべてうなずいている。

「これからもお願いしますね。きっと陛下はお喜びですから」

弟を気遣う姉のような物言いをする。昔から花娘《かじょう》と高峻《こうしゅん》はこんな調子だったのだろう。

「阿妹《アーメイ》、わたくしこの巻物を書写しようと思っておりますの。そうしたら、あなたにさしあげますわ。衣斯哈《イシハ》にはまだ難しいかもしれませんけれど、いずれ読めるようになるでしょう」

花娘はこうして衣斯哈をよく気にかけてくれる。「ありがとう」と寿雪《じゅせつ》は礼を言った。

花娘はうれしそうに笑った。

「わたくしのほうこそ、張り合いができてありがたく思っているのですよ。子供にものを教えるというのは、喜ばしいことですもの」

また反故紙《ほごし》が入り用でしたらおっしゃってくださいね、と言って花娘は帰っていった。

さきほどの言葉は本心だろう。花娘は亡き恋人を偲《しの》んで生きているが、このさきもずっとそうして生きてゆくのだろうか。むろんのこと、その是非など寿雪が判じるところではないが。

張り合いになるというなら、いますこし衣斯哈の教育について相談してもいいかもしれない。そんなことを思いながら、寿雪は文を書くため、麻紙《まし》や硯をしまってある厨子《ずし》に向かった。

寿雪《じゅせつ》からの文には、洪濤《こうとう》殿の幽鬼について記されていた。処刑された経生というのが実際にいたのか調べられるか、ということと、幽鬼に会いに洪濤殿に行ってもよいか、ということの二点。用向きだけ記されたそっけない文だったが、内廷《ないてい》の私室でそれを読んだ高《こう》峻《しゅん》は、ほのかに笑みを浮かべた。

わざわざうかがいを立てるのは、寿雪にしてはめずらしい。後宮内のことではないからだろう。これまでも、後宮の外のこととなると文を寄越していた。皇帝の意向など知らぬという顔をしながら、こういう細かな気遣いを見せるのが彼女らしいと思った。

「衛青《えいせい》、夜明《やめい》宮と洪濤殿にそれぞれ使いを」

は、と衛青は拝礼する。

「寿雪には『好きにしていい』と伝えてくれ。それでわかる。それから令狐之季《れいこしき》に調べものを。経生の幽鬼について、噂《うわさ》のような経生が実在したか、記録をあたれと」

処刑されたのなら公的な記録に残っている。前王朝時代の公文書は、有益なので残してある。調べれば出てくるだろう。

衛青は使いを出すために部屋を出ていった。彼が戻らぬうちに、小間使いの宦官がいくらかあわててやってくる。

「沙那賣《サナメ》朝陽《ちようよう》どのがお目通りを願っております」

「――ほう」

高峻《こうしゆん》は一拍おいて、

「弧矢宮《こし》へ案内せよ」

と命じた。

――朝陽のほうからわざわざ、いったいなんの用だろう。

弧矢宮は内廷の外れにある。皇帝がひっそりと憩《いこ》う隠れ家であり、客人を招くたぐいの御殿ではないので、造りはいたって簡素である。とはいえ周囲には築地塀《ついじべい》が巡らされ、瓦《かわら》葺《ぶ》きの厳重な門がある。ひとつきりの殿舎まではなめらかに磨き抜かれた玉石が敷かれ、屋根の端に見える飾り瓦は大亀に乗った老人の姿、軒先にさがる吊り灯籠《どうろう》には波の文様の透かし彫りがあった。庭もなく、小さな殿舎を取り囲むものは敷き詰められた白砂《はくさ》だけだ。白砂は海を模しているのだろう。

高峻を乗せた輿《こし》が門をくぐり、殿舎の階《きざはし》の前でおろされる。輿から降りた高峻が階をあがると、なかで朝陽がひざまずいていた。涼やかな風が通り、部屋を取り囲む銅板造りの幡《はた》が揺れて音を立てた。石の床には星斗《ほし》の象嵌《ぞうがん》。明らかに呪術か占卜絡《せんぼくがら》みの意匠《いしよう》なのだが、その意味するところはわかっていない。高峻《こうしゅん》は榻《とう》に座り、膝をついた朝陽《ちょうよう》に目を向ける。

「私は内密の話があるとき、ここをよく使う」

ぴくりと朝陽の口元が動く。

「前置きはいらぬ。用件はなんだ？」

「――は」

朝陽は頭をさげ、目を伏せがちにしたまま、口をひらいた。

「では単刀直入に。陛下はなぜ、烏妃《うひ》さまを生かしてらっしゃるのですか」

思いがけない言葉に、高峻はすこしばかり反応が遅れた。

「……なぜ、とそなたが問うようなことではないぞ」

自分でも思いのほか、声は低く冷たく床に落ちた。

「出過ぎたことであるのは重々承知しておりまする。ですが、わたくしは前に申しあげました。わたくしは陛下に尽くす所存です。ゆえに御勘気《ごかんき》を被《こうむ》ろうとも諫言《かんげん》せねばなりません。前王朝の遺児など――禍《わざわい》の種でしかありますまい」

息をのみこんだ。なぜ生かしているのか、と問われたときに予想はついていたが。

――どこから洩《も》れた？

間者《かんじゃ》がいるのは想定のうちだが……。泊鶴宮《はっかくきゅう》か。

「そなたが口をはさむことではない。弁《わきま》えよ」

冷ややかな高峻《こうしゅん》の声音に朝陽《ちょうよう》はいったん黙ったが、ふたたび口をひらいた。抑えた低い声が響く。

「いますこし奏上《そうじょう》をお許しいただけませぬか」

「……なんだ」

「わたくしは烏妃《うひ》たるものがどういう存在か、知りませぬ。まじないに長《た》けた妃など胡乱《うろん》にすぎますが、場所が後宮ゆえ、昔からのしきたりなどがあるのでしょう。それについてはどうこう申しあげますまい。ですが、いまの烏妃は危うすぎましょう」

朝陽のまなざしは鋭い。薄い刃先ではない、矛《ほこ》のような威圧感を持った鋭さだった。

「前王朝の血を引くうえ、烏妃という存在のなせるわざか、信奉者も多いと聞いております。あまりに危険な存在ではありませぬか。陛下がそれに気づいておられぬとは思えませぬ。手遅れになるまえに幽閉《ゆうへい》するか、始末なさるのが上策でございましょう」

「……」

――烏妃のなんたるかを知らないというのは、まことだろうか。

さすがにそこまではつかんでいないのか。烏妃とは冬の王であり、その存在なくば夏の王たる皇帝は王たり得ない、などということは。

それとも、知っていて知らぬ顔をしているのか。私が朝陽《ちょうよう》だったなら、と高峻《こうしゅん》は考える。己の情報網がどこまで伸びているか、相手に明かしはしないだろう。いま明らかにするのが効果的な情報だけ披露《ひろう》して、あとは黙っている。

——どちらにせよ……。

朝陽が明らかにしない以上、こちらもその体《てい》で話さねばならない。

「始末などとそなたは簡単に言うが、それはできぬ。できぬ理由がある。そしてそれはそなたには話せぬ。そなたの言葉で言えば、『昔からのしきたり』だ」

朝陽は黙り、考えるようにじっと高峻の膝の辺りを見つめている。

「しきたりがあるから、生かしている、と……」

「それもすこし違う」しきたりなどなくとも高峻は寿雪《じゅせつ》を殺さない。そしてしきたりそのものを覆《くつがえ》そうとしている。「が、それもそなたは知らずともよいことだ」

朝陽の表情からは考えが読めない。彼は高峻を見あげてきた。

「前王朝の遺児が起こしかねぬ混乱の危険よりも、そのしきたりのほうが重いのでございますか」

「——そうだ」

一瞬の間が空いたのは、正直、それを秤《はかり》にかけたことがないからだ。前王朝の遺児であることなど、冬の王を失うことの重さとは比べものにもならない。――だが、それはある意味、口実だった。寿雪《じゅせつ》の命を守る盾《たて》だ。

そして高峻《こうしゅん》は、その『盾』を崩そうとしている。それを崩して、寿雪を烏妃《うひ》の役目から救おうとしているのだ。

――寿雪を救う道は、寿雪の命を脅《おびや》かす道につながっている。

喉《のど》の奥に、石の塊《かたまり》がつかえたような心地になった。

「承知いたしました」

朝陽《ちょうよう》は深く拝礼する。「浅慮《せんりょ》でものを申しました。申し訳ございませぬ」

「いや……」

――この男は……。

朝陽を退室させ、高峻は搨《とう》の背にもたれかかった。室内を取り囲む銅の幡《はた》を眺める。風が吹いて、それが澄んだ高い音を立てた。

おそらく高峻は、はじめからわかっていながら無意識のうちに目をそらしていた急所を、朝陽に突かれたのだった。

寿雪という存在の抱《かか》える危うさを。

――いや、よくわかっている。

危ういとわかっていながら、高峻《こうしゅん》は手を差し伸べたのだ。友になろうと。差し伸べずにいられなかったのだ。過《あやま》ちかもしれぬと思いながら。

晩霞《ばんか》は沙那賣《サナメ》一行が滞在している離宮《りきゅう》・鯊門宮《さもんきゅう》を訪れ、父を待っていた。宮城内とはいえ、後宮を出るのは入宮して以来はじめてである。

殿舎の南西側には池があり、石造りの露台がその上に張りだしている。露台には紫檀《したん》の円卓と椅子が並べられ、茶の用意が整っていた。晩霞が口をつけぬまま、茶はとうに冷めている。侍女も召使いもさがらせているので、茶を替えに来る者もいない。池の水面《みなも》に映る蒼天《そうてん》も、庭の松の枝ぶりも、目には入っていなかった。

ひそかに息をついたとき、外廊《がいろう》を歩く足音と衣擦《きぬず》れの音が聞こえてきて、ぐっと息を呑みこんだ。無駄なく足早に、しかし急《せ》いているふうはなく、衣擦れも最小限に抑えられている。

足音でわかる。父だ。

晩霞は立ちあがる。外廊から父である朝陽《ちょうよう》がやってきた。朝陽はちらりと晩霞を一瞥《いちべつ》し、「なかで待っておればよいものを」とだけ、そっけない口調で言った。数年ぶりに会う末娘にかける言葉としては、情味が薄い。

「お久しゅうございます、お父さま」

「なぜ言いつけを守らぬ」

朝陽《ちょうよう》は無駄を嫌う。だから近しい者であればあるほど、よけいな言葉を省いた。当たり前のあいさつも、会話も。そこに価値を見出《みいだ》さない。『息災だったか』のひとこともない。

――わかっているけれど……。

晩霞《ばんか》は下唇をそっと噛んだ。

「どの言いつけでございますか」

朝陽は眉をひそめた。

「つまらぬ言い逃れはいらぬ。時間の無駄だ。――烏妃《うひ》にかかわるなと伝えたはずだが」

「……かかわっておりません」

「泊鶴宮《はっかく》を抜け出して会いに行っているのにか」

「……」

言いつけたのは、晩霞の侍女だろう。晩霞の挙動など筒抜けだ。

「なぜかかわるなとおっしゃるのですか」

「その娘は前王朝の遺児だからだ」

さらりと告げられた言葉に晩霞はぎょっとした。前王朝の遺児？　寿雪《じゅせつ》が？

　――たしか前王朝の血を引く者は、捕らえられて首を刎《は》ねられるのではなかったか。

「陛下は先頃、前王朝一族の捕殺令を不要のものとして廃された。烏妃《うひ》のためだろう。陛下は烏妃を偏重《へんちょう》しておられる」

　朝陽《ちょうよう》の顔には憂《うれ》いの色が浮かんでいる。

「公明正大なあの陛下に似合わぬ。どう考えても禍《わざわい》のもとだ。放っておけば、そう遠くないうちに内側から崩れよう。もしあの烏妃のために謀反《むほん》でも起きようものなら、近しい者にまで罪は及ぶ。だからかかわるなと言っているのだ」

「……前王朝の遺児だなんて、まさか……」

「おまえが文で知らせてきたことだ。白髪か銀髪かわからぬが、烏妃は髪を染めていると。それで伝手《つて》を使ってさぐらせた。はなから髪に絞って調べさせれば、たしかめるのはそう難しくはない。抜け落ちた髪を手に入れればすむのだからな。烏妃の髪は銀髪だ」

　銀髪は前王朝の血を引く証《あかし》だ――と朝陽は言った。

　晩霞《ばんか》は青ざめる。京師《みやこ》から遠く離れた賀《が》州で、屋敷からろくに出ることもなく生きてきた晩霞にとって、前王朝のことなど異国の物語に等しい。ゆえに知らなかったのだ、銀髪が前王朝の血を引く証だとは。

　――知っていたら、父に知らせなかっただろうか。

晩霞《ばんか》は、とうに冷たくなった茶を見つめる。なにも映っていない。答えはどこにもない。

「重ねて言う。烏妃《うひ》にはかかわるな。それがおまえのためであり、ひいては沙那賣《サナメ》のためだ」

それだけ言って、朝陽《ちょうよう》は露台を離れた。立ち去る足音を聞きながら、晩霞はずっと茶を見つめていた。

「なんだおまえ、父上に呼び出されたのか？」

無遠慮な物言いに顔をあげると、外廊近くにすぐ上の兄が立っていた。うしろに長兄がいるのも見える。すぐ上の兄――亮《りょう》はずかずかと大股《おおまた》に近づいてくる。父と違って足音も衣擦れの音もうるさい。長兄・晨《しん》は対照的にゆったりと、静かな足どりでやってきた。摺《す》るような足どりが、慎重な性格を物語っている。

「久しいな。来ているのなら父上も教えてくれればいいのに。父上は？」

「……もうなかに戻られたわ」

「なんだ。おまえ、ろくに相手にされなかったのか。せっかくの茶の用意が無駄だったな」

亮はこういうところがある。晩霞は兄をにらんだ。

「お父さまはお忙しいのよ」

「忙しかろうと父上は客人にはちゃんと時間を割くぜ。おまえにその価値がないと思われているだけで」

晩霞《ばんか》は茶を亮《りょう》に向かってかけた。

「冷てえ！　この馬鹿、相変わらず——」

「やめろ、ふたりとも。子供ではないのだぞ、情けない」

晨《しん》が冷たい口ぶりで言う。「久しぶりに会ったからといってはしゃぐな」と亮を叱《しか》り、

「それが妃のふるまいか」と晩霞を叱る。数年前より尊大になっている、と晩霞は思った。

朝陽《ちょうよう》が子供たちにあまり多くの言葉をかけないぶん、この長兄が昔から弟妹たちを躾《しつ》けてきた。ある意味、苦労人だ。上からものを言うので、どうしても反発してしまうが。

亮はそっぽを向く。晩霞は晩霞でふくれっ面《つら》になった。晨は晩霞の顔を眺め、けげんそうに目を細める。

「すこし顔色が悪いのではないか。具合でも悪いのか」

「いいえ、べつに」

「いや、悪いぞ。ちょっと横になれよ」と亮も言う。

「もう帰らないといけないから」

晩霞は立ちあがる。「もう？」と亮は驚いていた。

「あまり長く後宮を留守にするわけにはいかないわ」

輿《こし》を待たせている。父の用事がすんだのなら、長居する理由もなかった。

「また来いよ。俺たち、もうしばらくここにいるから」

「お父さまに呼ばれたら来るわ」

「おまえなあ……」

ぶつぶつ言う亮《りょう》を無視して、晩霞《ばんか》は露台をあとにする。

——わたくしになにができるだろう。

烏妃《うひ》はそんな危険な人物ではないと、父に言えばいいのか。

——でも、お父さまはわたくしの言うことなんて、聞いてくださりはしないだろう……。


高峻《こうしゅん》から『好きにしていい』と言質《げんち》をとったので、寿雪《じゅせつ》は洪濤《こうとう》殿に向かった。烏妃の格好で行って学士たちにぎょっとされぬよう、宦官の姿をしている。温螢《おんけい》と淡海《たんかい》を伴っているので、傍目《はため》には宦官の三人連れがやってきたように映るだろう。

殿舎の前で之季《しき》が寿雪を待っていたが、宦官姿を見ていくらか驚いたようだった。寿雪はちらりと之季の右袖を見やる。彼の袖は、相変わらず白い手につかまれていた。

「異国の博物志や、法令、詔勅《しょうちょく》、暦《こよみ》など、政《まつりごと》にかかわる書物を書写する必要はつねにございますので、書写の作業そのものは、現在もこの洪濤院でつづけられております。ご覧になりますか？」

そう尋ねるので、寿雪《じゅせつ》は「うむ」とうなずいた。実際、どのように書写が行われるのか、寿雪は知らない。

「どうぞ、こちらです」

之季《しき》は一室の扉をあける。さほど広くない部屋の壁を棚が埋め、巻物が積まれていた。中央に長几《ながづくえ》が並び、袍を墨で汚した青年たちが筆を手に一心に書写している。寿雪たちが入室しても顔もあげない。おそらくむやみに動くと字が乱れるからだろう。

「書写の作業には装潢《そうこう》、経生《きょうせい》、校生《こうせい》といった職種がございまして、いずれも学士見習いの仕事です。かつては役所から字のうまい者をつれてきたり、臨時に雇い入れたりしていたようですね。この部屋では経生が書写を行っております。一連の流れとしましては、まずは装潢が書写に使う紙を整えるところからはじまります。書写する書物の形式に合わせて巻物か線装本《せんそうぼん》にしますが、まだまだ巻物の場合が多うございます。巻物にするためには一枚、一枚紙を継いで――おおよそ、二十枚で一巻です――、筆がひっかからぬよう紙を打ってなめらかにして、文字をそろえるための線を引きます。この紙を用いて経生が書物を書き写し、書き写したものを校生が間違いないか確認します。簡単に申しますとこのような流れです」

話に聞く幽鬼は経生だというから、書き写す係だったということだ。

「禄《ろく》は出来高払いですので、字を間違えたり脱落があったりすると、そのぶん差し引かれます。ですので、皆、神経をとがらせて書き写すのです」

ならば邪魔してはならぬと、寿雪《じゅせつ》は早々に部屋を出た。ただ文字を写せばいい、ではない。ただ文字を写す、つまり正しく写す、というのはひどく神経を使う作業なのだ。

「たいへんなのだな」と寿雪が言うと、之季《しき》からは「はい」とだけ返ってきた。それをわかってもらえれば満足だ、というふうに。経生の幽鬼と会うにあたり、寿雪が書写の実態を知らぬのを見越して、まず実際の作業を見せたのだろう。物事の順序をよくわかっている男である。

「こちらが、幽鬼が出没する書庫です」

之季は一室の扉をあける。黴《かび》なのか古い墨なのかわからないにおいが鼻をついた。

「陛下のご命令で、実際に処刑された経生がいたのか、調べました」

書庫のなかを見まわしながら、寿雪は「どうであった？」と尋ねる。

「いました」

あっさりと之季は答える。

「前王朝五代の皇帝時代です。この皇帝は古文書の書写・編纂を命じた皇帝です。件《くだん》の経生は計衷《けいちゅう》と申しまして、書写に使う黄麻紙《おうまし》を横領した罪で処刑されております」

「紙を盗んだだけで死罪か」

「黄麻紙というのは黄檗《おうばく》で染めた紙ですが、虫の害を防ぐもので、非常に高価です。そのうえ、古文書の書写は勅命《ちょくめい》の事業ですから、その材料を盗むというのは皇帝の物を盗むと同義。ゆえに死罪となりました。支給された紙は充紙帳《じゅうしし》という帳簿で厳密に管理されておりますので、横領すればすぐにわかったのです」

ほう、と相づちを打って、寿雪《じゅせつ》は棚のあいだをゆっくりと歩いた。ふと、視界の端に人影が映る。目を向けると、刈安色の袍を着た青年がこちらに背を向け、棚に張りつくようにして立っていた。青年は棚に置かれた巻物を、端にあるものから順に、じいっと眺めているようだった。

寿雪は彼に歩みよる。

「――おぬしの書は、見つかったか？」

青年は動きをとめ、緩慢《かんまん》な動作でふり返った。不健康そうな青白い顔に、濃い隈《くま》ができている。二十代半ばくらいだろうか。袍の袖口と胸から下にかけて、墨で汚れている。ずいぶんな汚れかただ。字の練習をしている衣斯哈《イシハ》もいくらか汚すが、これほどひどくはない。さきほど目にした学士見習いたちの袍も墨で汚れていたが、それよりもひどいところを見ると、よほど熱心に書写していたのだろうか。

　青年はふらふらと視線をさまよわせ、声の主《ぬし》をさがしているようだった。寿雪《じゅせつ》は「計《けい》衷《ちゅう》」と名を呼ぶ。青年の視線が、はっと寿雪の顔に焦点《しょうてん》を結んだ。

「おぬしの書は見つかったか？」

　寿雪は問いをくり返す。計衷はほうけた顔のまま、ゆるゆると首をふった。

「見つかりませぬ」

　乾いた声だった。計衷はうなだれ、はあ、と深いため息をついた。

　会話を交わせる幽鬼のようだ、と見てとって、寿雪は問いをつづける。

「なにゆえ、さがす？」

「あんまりでございます。わたくしが書き写した巻物すべてを焼き払うなんて……」

　嚙み合うようで嚙み合わない会話だ。寿雪は幽鬼の言葉のさきを待つ。

「わたくしがなにをしたというのです。ただ来る日も来る日も書写をしていただけでございます。朽《く》ちかけ、あるいは墨の消えかけた竹簡に目を凝《こ》らし、汗みどろになりながら、衣を洗う暇《ひま》も惜しんで……。それが、黄麻紙を盗んだなどと。盗むどころか、わたくしは写し間違いも極めてすくなく、一枚たりとも紙を無駄になどしておりませぬ。それなのに、それなのに」

——盗んでいない？
寿雪《じゆせつ》は之季《しき》と視線を交わす。この幽鬼は冤罪《えんざい》を訴えているのである。之季は眉をひそめ、
寿雪に向かってかすかにうなずいた。『調べてみる』ということだろう、と受けとる。
「身に覚えのない罪で処刑されたのか」
「あんまりでございます。あれほど精魂こめて日々書き写しましたのに」
計衷《けいちゆう》は口惜《くちお》しそうに顔をゆがめる。どうも彼は処刑されたことより、書写したものを処
分されたことのほうが無念であるようだった。
「城内各所の史館の庫《くら》に散らばり、埃《ほこり》にうずもれていた巻物の数々を集め、丁寧《ていねい》に掃除し、
書写し……巻物のなかにはいまや失われた貴重な古い伝承がちりばめられておりました。
それを後世に残す、すばらしく意義のある作業に携《たずさ》われて、このうえなく光栄でございま
したのに。あんまりでございます」
計衷は両手で顔を覆《おお》い、おいおいと泣きだした。その手の指、爪も墨で真っ黒に汚れて
いる。彼は熱心に仕事に励んでいたのだろう。
——それが、冤罪で処刑され、書写したものもすべて焼き払われた……。
不可解である。なにがあった？
「なにゆえ、そうなった？　思い当たることはないのか」

「あんまりでございます。わたくしは日々書写していただけでございます。紙をかすめとるなどと……」

やはり、微妙に会話がずれる。が、彼にも理由はわからない、ということだろう。

「わたくしの書写したものは、残っているはずなのでございます。ここにあるのです。わたくしの墨のにおいがいたしまする。ここに残っているはず……必ずあるはず……」

計衷《けいちゅう》はゆらりと歩きだす。棚に張りつき、「ああ……違う……これでもない……」とつぶやいて巻物を舐《な》めるように凝視《ぎょうし》している。うう、うう、とうめきながら計衷は棚のあいだを進む。そうしているあいだに姿が薄れてゆく。棚のうしろにまわりこんだとき、その姿はすっかり消えてしまった。ああしてもうずっと、棚のあいだをさまよっているのだろう。

寿雪《じゅせつ》は室内を眺めた。竹木簡のものから紙のものまで、巻子本《かんすぼん》がぎっしりと積み重ねられた棚が並んでいる。奥には長几があり、手前を屛風《びょうぶ》で仕切ってあった。大広間ほど広い書庫ではない。が、それでも巻物の数は膨大《ぼうだい》だ。

「……計衷は、ここに己の書があるはずだと申しておったな」

「どうでしょう。それならば見つけていてもよさそうですが」

之季《しき》が答える。

「だが、計衷《けいちゅう》は確信しておるのだ。――彼が携わった書写作業の書物というのは、この書庫にあるのか？」

「前王朝五代皇帝の勅命による書写物ですね。ございます。先日も鴦妃《おうひ》さまが借りてゆかれました」

「ああ、あれか」

「ほかにもございます。棚ひとつぶんほど」

「そんなにか」

「もとにした古文書はもっとあったでしょうから、書写、編纂はたいへんな作業だったと思います。なにせ、初代皇帝が国中から集めた書物ですから」

「国中から？」

「ええ。家にある書物を城の史館のために献上せよと。献上者には褒美に賞絹まで与えられました。地誌や一風変わった伝承の記録ほど褒美が多かったそうです。それらが時代を経《へ》ていつのまにか書庫の片隅に埋もれ、埃をかぶっていたのです。五代皇帝は、それらの価値をふたたび見直され、後世に残そうとされたわりですね」

之季《しき》はその棚の前に寿雪《じゅせつ》を案内する。紙の巻物が棚にぎっしり詰めこまれていた。之季が手近な巻物を手にとり、寿雪に渡す。表装も軸も、さして値の張る造りではない。だがしっかりとした、丁寧な造りではあった。見た目の豪華さよりも実《じつ》をとったのだろう。

寿雪《じゅせつ》は棚を眺める。

「ここにすべてあるのであれば、計衷《けいちゅう》は見つけておるはずだな」

「そのはずですが……」

だが、ないのだ。彼の書写したものはひとつも。

ならば、やはり残っていないのだろうか。計衷は『必ずあるはず』と主張していたが。

「……計衷の言い分を信じてみよう。彼の書写したものはここにあるという前提で、それをさがす」

「しかし、さがすといっても」

之季《しき》は困惑《こんわく》している。さがしようがない。計衷の字など知らないのだから。

「計衷がこれだけさがしても見つからないのであれば、見つかりにくい状態なのだ。心当たりはないか？」

「見つかりにくい……あり得そうなのは、反故《ほご》の二次利用ですが」

「というと」

「不要になったり誤字があったりした紙の裏を使うのです」

「ああ」衣斯哈《イシハ》の書き取りに使う紙もそうやって、よその宮から反故をもらってきている。

「それですと裏側にべつの書が残ることになるわけですが……それはこの書庫にあるような書物には使われておりません。ここにあるのは、伝奇などの読み物ですから。反故を使うのは帳簿など、裏の字が透けていてもとりあえず書ければいい、というものです。帳簿類は洪濤殿《こうとう》ではなく役所の書庫にあります。最も設立が古く蒐集の数も多いのは秘書省《ひしょ》の史館ですので、そこならあるかもしれませんが、いずれにせよ、この書庫にはありません」

「ないはずが、あるやもしれぬぞ」

「ひとつずつ調べるおつもりですか?」

之季《しき》は棚をふり返る。積み重ねられた巻物、その膨大な数。

「半数ほどは竹簡、木簡であろう。それから、計東《けいちゅう》の時代以前のものも除外できる。どうだ?」

ううむ、と之季はうなった。「それでしたら……三分の一ほどですね」

「その三分の一から裏書きのあるものをさがそう。——温螢《おんけい》、淡海《たんかい》」

温螢は「はい」と返事をしたが、淡海は「げっ、俺たちもやるんですか」と言った。

之季が制止するように手をあげる。

「巻物は丁重に扱わねばなりませんから、こちらでやります。見つかればお知らせします」

破られたり、汚されたりしてはかなわぬのだろう——寿雪《じゅせつ》は彼に任せることにした。

「烏妃《うひ》さま」

書庫から出ようとした寿雪《じゅせつ》を、之季《しき》が呼びとめる。寿雪は足をとめたが、之季は迷うように口ごもっている。手が右腕をさすっていた。

「……烏妃さまは、お怒りではございませんか」

「怒る？　なににだ」

「私が小明《しょうめい》を解放してやれぬことに……楽土へ送ってやれぬことに」

之季は目を伏せる。顔には苦悩の色がにじんでいた。

「烏妃さまは、口にはなさらずとも、私を責めていらっしゃるのでしょう。私さえ我《が》を折れば、小明は楽になれるのに……」

寿雪は眉をよせた。

「うしろめたいのであれば、早く小明を楽土へ送ってやるがよかろう。うしろめたさの原因をわたしに転嫁《てんか》するでない」

ぴしゃりと言って、書庫を出る。胸のなかがざらざらしていた。

「めずらしく、手厳しかったですね」

淡海《たんかい》が言う。寿雪は答えなかった。

冷たい物言いであったと自分でも思う。之季を見ると、苦い薬湯《やくとう》がいつまでも舌に残っているかのような気分になる。溶け残った苦い薬が、舌をざらざらとこする。高峻《こうしゅん》に相談でもすればよいではないか――と、喉《のど》の辺りまで出かかっていた。なぜここで高峻が出てくるのか。

むっと眉根をよせながら、寿雪《じゅせつ》は足早に洪濤《こうとう》殿をあとにした。

「計衷《けいちゅう》という経生の横領罪については、たしかに疑わしいところがございます」

洪濤殿の一室で、高峻は之季《しき》から報告を受けていた。この小部屋に棚はなく、赤漆《せきしつ》の厨子があるだけだ。そこには限られた者しか閲覧《えつらん》できない、古代の歴譜や占卜書など、最重要の典籍が収められている。出入りする者はめったにいない。

「黄麻紙を盗んだとして捕らえられ、即日処刑されております。罪を認めたかどうかは明らかになっておりません。盗んだ紙をどうしたかも調べられておらず、秋官府《しゅうかんふ》で裁判にかけられた形跡すらないのです。当時の充紙帳はさすがに残っておりませんので、紙の数などを精査することはできないのですが……。さらに少々気になることが」

「なんだ?」

「『起居注《ききょちゅう》』に当時の皇帝のふるまいが記されているのですが――」

『起居注』は皇帝の政務における言動を書き記したものだ。中書省《ちゅうしょしょう》の起居舎人《しゃじん》と、門下省《もんか》の起居郎《ろう》によって記録される。

「皇帝が書写所を見に行った記述があります。経生たちの仕事ぶりを確認しに行ったようで。計衷《けいちゅう》が捕縛され処刑されるのは、その翌日なのです」

「ほう……」

「さらに計衷の罪状を聞いた皇帝は立腹し、即座に首を刎ねよと命じて、彼の書写したものはすべて焼き払うようにとも命じています。計衷を処刑し、彼の書いたものを処分させたのは、皇帝だったのです」

高峻《こうしゅん》は指で顎《あご》を撫《な》でる。

──皇帝が計衷を殺させた。なぜだ……？

計衷を殺さねばならない理由があったのか。しかし、罪を着せて処刑するというのは、いかにもまわりくどい。勘気に触れたかどで手討ちにする、というのが最も早いと思うが。

──いや、暴君ならまだしも。

実際には、そうそうできることではない。たとえば高峻だって、気に障《さわ》ったからといって誰彼なしに斬り捨てでもすれば、大騒ぎになるだろう。欒《らん》王朝の五代皇帝が暴君であったという記録はない。ふだん怒りで臣下を手にかけることなどしない皇帝がそんな真似をすれば、注目を集めるのは必至だ。

　――注目されたくなかったのだ。

　あくまで罪による処刑ですませたかったのだ。

「書写したものをすべて焼き払うように命じた……」

　――そこか。

「計叓《けいちゅう》の書写したものは見つかったのか？　裏書きを調べてみるという話だったが」

　之季《しき》は首をふった。

「ございませんでした。計叓の時代より前のものまで調べてみましたが、まったく」

「だが、どこかにあるはずなのだろう？」

「幽鬼がそう主張しているだけなのですが……烏妃《うひ》さまはそれを信じると」

「そうか。ならばあるのだろう」

　之季が面食らったようにまばたきをした。

「ですが――」

「今回ばかりは、寿雪《じゅせつ》の失せ物さがしの術は使えぬか。前王朝の人物ではな。どうするのだろうな」

　それでも寿雪なら、なんとかしそうに思える。

　微笑を浮かべる高峻《こうしゅん》を、之季はいくらか当惑《とうわく》気味に眺めていた。

裏書きのある書物はなかったという報告を之季《しき》から受けて、寿雪《じゅせつ》はあてがはずれた。どうしたものか。

──こういうときは、知恵を借りよう。

「冬官府《とうかん》に行く」

九九《ジウジウ》が張り切って着飾ろうとするのを断り、例によって宦官姿で行こうとすると、「妃の格好のほうが面倒がないこともありますよ」と淡海《たんかい》が言った。

「宦官の姿のほうが身動きも楽なのだが」

「冬官府は洪濤《こうとう》殿と違って、遠いでしょう。途中で官吏《かんり》に絡《から》まれたら面倒ですから」

「絡まれるのか？」

「そういう輩《やから》もいるんですよ、宦官相手だと。妃にちょっかいかける命知らずはいないでしょうが」

「……そうか」

後宮には宦官がいるのが当たり前だが、外廷《がいてい》に出るとそうではない。ひょっとして、これまで護衛として外廷に出て、いやな思いをしたこともあったのだろうか、と思った。外廷にはつれて行かないほうがいいのだろうか。

「娘娘《ニャンニャン》、われわれのことはお気遣いなく」

寿雪《じゅせつ》の懸念《けねん》を察してか、静かに口をはさんだのは温螢《おんけい》だ。「淡海《たんかい》、よけいなことを言わなくていい」

「だってさ、あらかじめ危険を回避する策だって必要だろ」

「絡まれたところで官吏など敵ではない」

「ぶちのめすとあとが面倒だぜ」

「こちらが弱いと見て絡んでくるような相手はちょっと脅《おど》せばおとなしくなる」

「……おお……」

温螢が言うと冗談に聞こえない。いや冗談ではないのか？

「じゃ、娘娘、着替えましょう」

九九《ジウジウ》が上機嫌で帳《とばり》の向こうへと走っていった。とりあえず淡海の助言に従うことにする。花鳥が刺繍《ししゅう》された葡萄《ぶどう》色の衫襦《ひとえ》に、双魚《そうぎょ》文様が捺染《なっせん》された深緑の裙を九九は選ぶ。桔梗《ききょう》色の帯は寿雪が選んだ。「妃らしくしなくちゃ」と九九は簪《かんざし》も歩瑤《ほよう》もたっぷりと挿す。翡翠のついた櫛《くし》まで挿そうとするので、「もうよい」と制止した。頭が重くなってかなわない。

「では、行ってくる」

そう告げて殿舎を出る。こんな言葉をかけるのも最近では当たり前になってしまった。

九九《ジウジウ》が扉の前で寿雪《じゅせつ》たちを見送っている。衣斯哈《イシハ》は紅翹《こうぎょう》に書き取りを見てもらっていた。ふたりはそうしていると母子《おやこ》のようである。

「もっと宦官も宮女も増やして、列を成して移動すればいいんですよ、娘娘《ニャンニャン》」

うしろを歩きながら淡海《たんかい》が言う。

「夜明宮《やめい》にそれほど多くの者を住まわせる場所はない」

「娘娘に仕《つか》えたがるやつは多いと思いますけどねえ」

「まさか」

寿雪が笑うと、

「冗談じゃありませんよ。夜明宮に来客は増えたし、貢《みつ》ぎ物も増えたでしょう」

淡海は案外、真面目な顔をして言う。そういえば、このところ頼み事もないのに果物やら絹やらを持ってくる者がいる。いらぬと言って返しているが。

――少々考えものだな。

頼み事を引き受けすぎか。しかし、すがりに来る者を無下《むげ》に追い返すのは気が引ける。どうしたものか、と考えを巡らしながら、冬官府《とうかん》に向かった。

宮城《きゅうじょう》の外れにある冬官府は、相変わらず閑散《かんさん》として寂《さび》れている。敷かれた玉石はところどころ割れて欠けているし、銅製の灯籠には青い錆《さび》が浮いていた。しかし星烏廟《せいうびょう》に掲《かか》げられた幟《はた》は新しいものに取り替えられ、軒先にさがる提灯《ちょうちん》も同様に新しくなっている。大きな香炉からは香の煙が立ちのぼっていた。どうやらいくらか修繕の費用が回されるようになったらしい。隅々まできれいに掃き清められているのは以前とおなじで、埃ひとつない廟内が秋の陽光に清々《すがすが》しく映った。

「紙一枚の費用すら出し渋るという噂の戸部《こぶ》が、よく修繕の金子《きんす》を出したものだな」

出迎えた冬官・董千里《とうせんり》に冗談交じりに言うと、彼は痩《や》せた頬《ほお》にやわらかな微笑を浮かべた。

「戸部から出たものではないのですよ。陛下が個人的に寄進してくださいました。すこしずつあちこちを修繕してゆく予定です」

なるほどその手があったか、と思った。官吏を通すと何事も手続きが煩雑《はんざつ》で遅くなる。寄進なら面倒もないし早かろう。高峻《こうしゅん》は相変わらず、そういったことに気が回る。まめなたちだからか。女心には疎《うと》いくせに。

「どうぞ、こちらへ」

千里自《みずか》ら殿舎のなかへと招き入れる。細身の長軀に黝色《ゆうしょく》の袍がよく似合っている。幞頭《ぼくとう》に挿した尾長鴨《おながかも》――白煙《はくえん》ともいう――の尾羽が揺れていた。病《やまい》がちの千里だが、このところ顔色がいい。寄進があったから……というわけではなく、暑さが去ったからだろう。体調もいいようだ。痩せているために鋭く見える目元も、いくぶん和《やわ》らいでいた。

「調子がよさそうだな」

「ええ。今時分が一番ようございます」

まろやかな声で答える。千里《せんり》は怜悧《れいり》で気難しい官吏のような見た目に反して、穏やかで気さくだ。

一室に通されると、窓際《まどぎわ》の小几《こづくえ》に碁盤が置かれている。そちらに目を向けた寿雪《じゅせつ》に、

「一局、お打ちになりますか?」と千里が尋ねた。

「いや、今日は――」言いかけた寿雪だったが、思い直す。

「……このあいだ、高峻《こうしゅん》と打ったのだが。おぬしならどういう手を打ったか聞かせてもらいたい。わたしが考える手はことごとくだめだと、あやつは申すのだ」

そう言って、寿雪は碁盤に先日の一局を初手から並べはじめた。

「それで、わたしがここに打ったら――」

「それは、こちらのほうがよいのでは?」

「……では、このあとは? ここに打てば――」

「いえ、こちらでしょう」

「……」

寿雪《じゅせつ》はムスッとして石を置いた。「高峻《こうしゅん》とおなじことを言う」

「はは、陛下以上によい手など、わたくしに思いつきましょうか。陛下がそうおっしゃるのでしたら、それが最良の手ですよ」

「あやつも思いつかぬような一手を考えだしたかったのだ」

「わたくしにお尋ねになってですか」

「これくらいのずるはよいではないか」

千里《せんり》は朗《ほが》らかな声をあげて笑った。

「承知しました。陛下には黙っていてさしあげましょう」

千里は四十を越えているので当然だが、相対《あいたい》していると寿雪は自分がずいぶん子供に思える。また、千里がそう思わせるのもあるだろう。彼は口ぶりほど寿雪をとくべつ扱いしていない。烏妃《うひ》さま、と口では言うものの、烏妃というよりは、ひとりの少女として扱われている気がする。

「今日は、ほかにお尋ねになりたいことがあっていらしたのでしょう?」

運ばれてきた茶を寿雪にすすめて、千里は言った。うむ、とうなずいて寿雪は茶を飲む。ここで出される茶は千里のため、体にいいものが使われている。今日の茶は香ばしさと甘みがあった。聞けば、焙《ほう》じた麦や松の実、棗《なつめ》などを合わせているという。

変わった風味の茶を味わいながら、寿雪《じゅせつ》は書庫の幽鬼について話した。

「己の書写したものがあるはずだと、その幽鬼は言うわけですか」

言って茶をひとくち飲み、ふむ、と千里は考えるように細い顎を撫でる。

「しかし、洪濤《こうとう》殿の学士に調べてもらったが、裏書きのある書物はなかった。そうなると、ほかにどこをさがせばよいと思う？　わたしには思いつかぬのだ。おぬしは博識ゆえ、わかることもあろうかと思うてな」

「あまり買いかぶられては困りますな」

千里《せんり》は苦笑するが、「いくつか、思い当たることがないではありません」と答えた。

「裏書きという点に目をつけられたのは慧眼《けいがん》であろうと思われます。通常の書物の形態ではないかたちで残っているから、本人にも見つけられぬのでしょう」

「ほかになにかあるか？」

「反故紙の再利用方法は、裏紙として使うだけではございません。学士は紙を『書く』以外の用途で使わないのかもしれませんが……。たとえば、壊れ物を箱にしまうさいの包み紙として用いたり、緩衝材《かんしょうざい》として利用したり。あるいは、薬材の包み紙ですね。絵に使う顔料を包んだりもします」

「なるほど。――しかし、あの書庫には書物しかないぞ」

「そうですか。となると……」

千里《せんり》はすこし考えこみ、それから顔をあげた。

「下貼りでしょうか」

「下貼り？」

「屏風《びょうぶ》などを作るさいに、絵の下に補強のための紙を貼るのです。それに反故が使われます」

「ほう。そんなものにも使うのか」

寿雪は顎のさきに指をあてる。書庫の様子を思い返していた。

「……やはりおぬしに訊きに来てよかった」

寿雪《じゅせつ》は笑みを浮かべる。

「お役に立ちましたか」

「大いに」

それはよかった、と千里は微笑する。千里と話していると、なんとはなしに落ち着く。気を張らずに向かい合える相手だった。

「烏《う》妃《ひ》さまはあまり関心がおありではないようですが」おたがいに茶を飲んでひと息ついてから、千里は言った。「わたくしには気にかかることがひとつ」

「なんだ?」

「その計衷《けいちゅう》と申す経生が、なぜ処刑されたか、です」

「ああ……それはたしかに」

計衷が冤罪の理由よりも書写したものの在処《ありか》に執心《しゅうしん》であったので、寿雪《じゅせつ》はあえてそちらを調べようとは考えなかった。寿雪の関心はあくまで幽鬼を楽土へ送ることにある。

「よほど急いで始末したい理由があったのでしょうね。……」

千里《せんり》は格子窓のほうを見やり、何事か考えに耽《ふけ》っている。寿雪は黙って茶をすすった。

「そういえば」と千里は寿雪に顔を戻す。「封一行《ほういちぎょう》には会えましたか?」

「いや、まだだ。体のほうはそろそろよいらしいが」

金の杯《はい》の件があったりしてなにかと落ち着かなかったので、いまだ面会は果たせていない。

「では、会うさいにはわたくしも同席を願えるでしょうか」

「それはもちろん、かまわぬが……」

「前王朝時代のことは前任の魚泳《ぎょえい》さまからいくらか聞いてはおりますが、わからぬことのほうが多うございますので。やはり、巫術師《ふじゅつし》が城を追われたのは手痛い損失でした。後宮に出入りできた彼らは、冬官が知らぬこともたくさん知っているでしょう」

「それはわたしも思うておった」

「わたくしはわたくしで調べを進めておりますゆえ、そちらもお待ちいただければ」

千里《せんり》は魚泳《ぎょえい》が書き残したものを中心に、烏妃《うひ》のことを調べている。病身を押して作業していなければよいが、と思う。

千里にしろ高峻《こうしゅん》にしろ、寿雪《じゅせつ》のために動く必要など、ほんとうはまるでないのだ。

――それなのに。

「ありがとう。……体はいとわねばならぬぞ」

「烏妃さま、お気遣いは無用です。わたくしはなにも烏妃さまのためだけに調べているわけではないのですよ。冬官の義務感でもありません」

「では、なんのために？」

千里はにっこりとほほえんだ。

「知的好奇心のためです」

寿雪もつられて笑った。

「そうか、なるほど。おぬしらしいな」

千里のもとから夜明宮《やめいきゅう》に戻った寿雪は、高峻に宛てて文を書いた。ある頼み事をしたのである。

高峻《こうしゅん》がその答えをもたらしたのは数日後だ。知らせを受けて寿雪《じゅせつ》は洪濤《こうとう》殿に向かった。書庫に入ると、奥のほうに高峻がいた。かたわらに衛青《えいせい》が控えている。

「来たか」

「見つかったか？」

寿雪は高峻のもとに足早に近づく。奥にあった屏風はなく、几《つくえ》に紙が並べられていた。

「ここにあった屏風の下貼りだ。少府監《しょうふかん》の者に言って剝《は》がさせた。腕のいい者たちだが、下貼りに使われていたゆえ、どうしても傷《いた》みが激しい。判読できない箇所もある」

「判読できずともよい。書かれたものが出てきたというだけで」

反故が屏風の下貼りに使われる、と千里《せんり》から聞いて、ここにあった屏風を思い出したのだ。

——これが計東《けいちゅう》の書写したものであればよいが。

紙はぜんぶで三十枚ほどあった。黄ばんで、ところどころ褐色《かっしょく》になっている。なるほど字が剝げている箇所もあり、判読不能である。

「屏風は六扇《ろくせん》、それぞれに五枚の紙が縦《たて》に継いで使われていた。その上に白土を塗って下地にしている。傷みが激しいというのはそのためだ。判読できるものを見てみると、いずれも筆跡はおなじらしい。同一人物の書写だ」

寿雪《じゅせつ》は几から一歩さがり、うしろをふり返る。術を使うまでもなく、棚の陰からふうっと幽鬼が現れた。

計衷《けいちゅう》だ。

彼はうなだれたまま、足をひきずるようにしてやってくる。つと足をとめ、顔をあげた。隈《くま》の濃い青白い顔にけげんそうな色が浮かび、ついで目をかっと見ひらいた。目玉が飛び出るのでは、と思うほど。

「お……おお……」

うめき声をあげて計衷はよろよろと几に近づく。並べられた紙を真上からのぞきこみ、舐めるように一字、一字を凝視する。次第に彼の瞳には涙が湧きあがった。

「ああ……間違いない……俺の字だ……」

かすれたつぶやきが聞こえる。「ここにあったのか」

ひとつ、ふたつと涙がこぼれ落ちるが、紙を濡らすことなく消えてゆく。字に吸いこまれてゆくかのようにも見えた。涙が落ちるごと、計衷の姿も薄らぐ。ゆっくりと、墨がにじむように姿は揺らぎ、ほどけてゆく。計衷の指が墨の文字をなぞる。感嘆《かんたん》の息が洩《も》れたのを合図のようにして、その姿は溶けて消えていった。

「……満足できたようだ」

寿雪《じゅせつ》は言って、几に歩みよる。紙を一枚、手にとった。字は均一な大きさと太さで書かれており、慎重に筆を運んだのだろう、画《かく》と画のあいだにごく細い墨の線も見てとれる。神経質とも言えるが、かっちりとした字であった。丁寧かつ確実に作業を進めた計東《けいちゅう》の気《き》概《がい》がうかがえる。

「よい字だ」

寿雪は無心に褒《ほ》め称《たた》える。それは計東に贈る悔やみの言葉でもあった。

「――だが、計東はこの書写をしたがために殺されたのだ」

高峻《こうしゅん》が言い、一枚ずつゆっくりと、几に並べた紙を集めてゆく。

「どういう意味だ?」

「計東が捕縛され処刑される前日、皇帝が書写所を訪れている。おそらくそのとき気づいたのだ。書き写してはならぬものを計東が書き写していることに」

「書き写してはならぬもの……?」

高峻はうなずく。

「罪を着せて処刑したのは、計東を殺すことが目的だったのではない。彼が書写したものを処分することこそが目的だったのだ」

──皇帝は計衷《けいちゅう》が書写したものをすべて焼き払わせた……。

「城内の書庫に眠っていた古文書を皇帝は集めて、後世に残すため書写させた。だが、それは逆だったのではないかと私は思う」

「逆とは」

「後世に残してはならぬものを処分するためだ。そのために集めさせた。そもそも、それらの書物は初代皇帝が国中から献上させたものだ。褒美まで与えて。それも、巷間《こうかん》に残してはならぬものを城内に秘すためではなかったかと思う。当時は紙もなく、巻物を所蔵している家というのもそう多くはなかっただろう。それらを集めて、該当《がいとう》する書物を処分するつもりがあったのかなかったのか、あるいは処分したつもりが洩れたのかはわからぬが、ともかく書庫に収めた。そして五代目の皇帝が、その処分を決意した。首尾《しゅび》よく選《よ》り分けたはずが、書写するほうにそれが紛《まぎ》れこんでしまった……」

そして誤って書写されてしまった。

「……それならば、紛れこんだ古文書と書写したものを処分するだけで事足りるではないか。処刑などせずとも」

「そうすればかえって注目されてしまう。書写してはならぬ古文書とはなにかと。だから処刑の陰に隠した。『起居注』からしても、皇帝は一連の出来事が自然に見えるよう細心の注意を払っている。おそらく書写したものに紛れさせて、とうの古文書も焼かれたのだろうな」

寿雪《じゅせつ》は眉をひそめて手にした紙を眺める。――こんなもののために殺されたのか？　いったい、ひとの命よりも重い書物とはなんだ。

「なんの罪もない計衷《けいちゅう》を偽《いつわ》りの罪で処刑までしたのに、こうして反故が残っている。これは残されるさだめであったのだ」

高峻《こうしゅん》は集めた紙をふたたび几《つくえ》に置き、そこにある文字を指さした。それに目を向けた寿雪は、はっと息をのむ。

《鼇《ごう》》

《烏漣娘娘《うれんにゃんにゃん》》

その紙は汚れてほとんどの文字が判読不能だった。だが、そのふたつの言葉だけははっきりと読みとれる。《鼇》――鼇の神のことだろうか。古代に広く信仰されたのち、衰退し、いままた力を取り戻したらしい、大海亀の神。八神教が祀っていたのもこの神だ。

「これを詳しく調べさせる。ここにある三十枚でどれほどのことがわかるかは不明だが、やらぬわけにはいかない。――計衷のためにも」

寿雪は一度目を閉じ、あけた。

「ならば、おいそれと余人に調べさせるわけにはいかぬであろう。千里《せんり》に頼め」

「冬官《とうかん》か」

「千里もおぬしとおなじように計衷《けいちゅう》の処刑された理由を察しておった。烏漣娘娘《うれんにゃんにゃん》のことなら、冬官である千里に調べてもらうのが一番よい」

高峻《こうしゅん》は軽くうなずき、「ならば、そうしよう」と決める。寿雪《じゅせつ》は再度、紙を眺めた。

――いったいここには、なにが書かれているのだろう。

*

紙を千里に渡すよう寿雪に託して、高峻は内廷に戻った。

凝光殿《ぎょうこうでん》の一室に入り、榻《とう》に腰をおろして息を吐いた。衛青《えいせい》が茶を用意してくれる。湯が沸き立ち、茶の芳香がただよってくるのを目を閉じて待つ。

ふと、波の音が聞こえた気がして目をあけた。

「……青《せい》、貝を」

「は」

衛青は厨子《ずし》から錦《にしき》にのせた大海螺《おおまきがい》の貝殻《かいがら》を恭《うやうや》しく捧げ持ってくる。それを几に置いた。

貝殻は濃い闇色をしている。見る角度によって虹色に輝き、そのめずらしさから迎州《げいしゅう》は浪鼓《ろうこ》より献上された。大海螺は海隅蜃楼《かいぐうしんろう》——海の果てにある霧《きり》だ——を生み出す神の使いとも言われる。

——実際、神の使いなのだ。

高峻《こうしゅん》は耳を澄ました。呼びかける。

「梟《ふくろう》」

「夏の王か。やれやれ、ようやく声が届いた」

「こちらが言いたい。なぜもっと呼びかけてこぬのだ」

「俺は囚《とら》われの身なのだぞ。無茶を言うな。それに潮が難しい。——なにか用だったか」

「用はあるに決まっているだろう。こちらはわからぬことばかりなのだから」

「いちどきに話せることは限られている。獄守《ごくもり》がいるゆえ。手短に話せ」

勝手だな、と半ばあきれながらも高峻は考えを巡らせる。まずなにを訊けばいいか。

「——鼇《ごう》の神とは何者だ」

「鼇？」

返答はけげんそうな声音で、それからすこし間があった。

「鼇……あれか、幽宮《かくれのみや》から八つ裂きのうえ配流《はいる》になったやつか」

それは霄《しょう》の国土となった神のことだ。

「違う。その神から生まれたとされる神だ」

鼇《ごう》の神は切り刻まれ流された大海亀の神の死体から成ったという。

「白鼇《しろかめ》のことか。俺はあやつのことはよく知らんぞ」

「知らないとは、なぜだ」

「幽宮の者ではないからだ。そちらで生まれた者のことまでは知らぬ」

「なんだと……だが、鼇の神は」

「俺はなんでもできるわけでもなければ、なんでも知っているわけでもないぞ。前に言った気がするな。使い部《べ》を送ったときも、この大海螺《おおまきがい》もそうであるように、そちらに干渉《かんしょう》するには波がある。鮮明にわかるときもあれば、うまくいかぬときもある。――白鼇が烏《からす》と仲が悪かったことは知っている。しかしそもそもそちらで仲のいい相手なぞおらん。皆、いがみ合って――」

またしばし間が空いた。

「いや……待て。そうか、あれは――」

波の音が聞こえる。梟の声が遠い。

「梟？」

「白黿《しろかめ》には気をつけろ。あれは贄《にえ》を求めるぞ」

「贄だと？」

「若い娘を――だから――」

潮が引くように梟の声が遠くなる。薄れて消えてゆく。

――あれは贄を求めるぞ。

薄暗い予言のようなその言葉が、遠のく梟の声とはうらはらに、耳から消えていかなかった。

*

白雷《はくらい》は浜辺におりて流木に腰をおろし、文を広げていた。京師《みやこ》からの――朝陽《ちょうよう》からの文である。

八荒島《パーフアンとう》での暮らしは、朝陽が言ったとおり、魚はうまいし果実も豊かで、不自由しなかった。隻眼《せきがん》でもさして障《さわ》りはない。しばらく物の距離を測るのに手間取ったが。

朝陽からの報酬は予想をはるかに上回っていたうえ、身を隠す場所まで用意してくれたのだから、ずいぶんと気前がいい。もちろん、これからも手を貸すよう、暗に促《うなが》しているのだ。
賀州《がしゅう》を根城にしていた八真教《はっしんきょう》の教主・白雷《はくらい》に目をつけ、朝陽《ちょうよう》は叔父《おじ》のもとへ送りこんだ。叔父を自滅に誘《いざな》うためだ。のせられやすい朝陽の叔父はまんまと白雷の助言に従い、破滅していった。

白雷は朝陽のことをさして多くは知らず、朝陽もまた白雷のすべてを知るわけではない。おたがい、都合のいい協力相手だ。

——烏漣娘娘《うれんにゃんにゃん》は弱っている。

隠娘《いんじょう》を通して白妙子《はくみょうし》——鼇《ごう》の神から烏漣娘娘と烏妃《うひ》にまつわるさまざまなことを聞いた。烏漣娘娘が弱っているなら、もはや烏妃に存在価値などないではないか。そう思った。それを聞いた朝陽がどう思ったかは知らない。

——しかし……。

白雷は左のまぶたを押さえた。そちらは布で覆われている。烏妃から呪詛《じゅそ》を返され、負った怪我《けが》だ。まさか返されるとは思っていなかったが、命を狙《ねら》った呪詛を返されて生きているのだから、やはり烏妃の力が衰《おとろ》えていると見るべきか。

白雷は残った右眼で文を眺める。朝陽が京師《みやこ》へ行ったのは知っていたが、目的は聞いていない。蚕種《さんしゅ》を献上するためだけではあるまい、と思っていた。やはりそのようだ。

京師《みやこ》へ来い、と朝陽《ちょうよう》はその文に書いていた。命令ではない。だが、白雷《はくらい》が拒絶するわけはないと思っているに違いない。この島の隠れ家は朝陽が用意したものなのだから。

——俺ひとりならば、ここを追い出されたとて、どうにでもなるが……。

白雷はちらりと波打ち際《ぎわ》を見やる。隠娘《いんじょう》が飽きもせず貝殻拾いに興じていた。すでに家には彼女が集めた貝殻が、たまりにたまっている。

白雷は息を吐いて、文をふところに押しこんだ。京師に来いという以外に朝陽《ちょうよう》は記していない。

立ちあがり、波打ち際に近づく。

「そろそろ帰るぞ」

しゃがんで貝殻を海水で洗っていた隠娘は、こちらをふり返る。

「今日はあんまりいいのがなかった」

隠娘はがっかりした様子で手のひらにのせた貝殻を見せる。

「おまえが毎日拾うから、とりつくしたんじゃないのか」

「貝殻は毎日流れ着くもの。なくならないよ」

不満そうに頰をふくらませる。まったく子供だな、と思った。

隠娘の故郷の浪鼓《ろうこ》では、子供たちが貝殻を宿場町で売って暮らしの足しにしていた。もう貝殻を拾わなくともいいと言っても、習い性《しょう》だからか、やめようとしない。

「じゃあ、明日になればまたいい貝殻も流れ着くだろう」

そう言うと、隠娘《いんじょう》は満足そうに笑った。

――ああ、そうだ、京師《みやこ》に行かなければならないのだ。

隠娘だけ残しては行けない。子供連れとなると旅路《たびじ》も手間取りそうだ。

「隠《いん》……」

京師行きを説明しようとしたとき、左の桟橋《さんばし》のほうでワッと子供のはやしたてるような声があがった。そちらを向くと、十歳から十二、三歳までの少年たちが駆けまわっているのが見えた。

桟橋は木切れを紐《ひも》で結わえた粗末なもので、一艘の小舟がつないである。その手前の砂浜を少年たちは走っている。いや、違う。ひとりの少年の巾着《きんちゃく》をどうやらほかの少年たちが奪って、からかっているらしい。巾着には銭が入っているようだ。巾着が宙に投げられるたび、そんな音がする。

その少年は十二歳くらいだろうか、よく陽《ひ》にやけた、細身ながら膂力《りょりょく》のありそうな子で、怒りをこめた目で巾着を持つ少年をにらんでいた。ほかの少年たちとは服装や髪型が違う。この島の子供ではない。

——漂海民《ひょうかいみん》か。

白雷《はくらい》は沖合のほうに目を転じた。いくつかの小屋が海上に建てられ、小舟が揺れている。定住地を持たず、浜から浜へ移動する漂海民だ。漁とまじないを生業《なりわい》にして、陸地の者からは畏怖と忌避《きひ》の念を抱かれている。だが、ろくに医師もいない僻地《へきち》では、彼らのまじないが頼りになるのだ。まじないと言いながら、彼らが用いるのは多くが薬と手当ての知恵、つまり医術である。古来、医師を巫医《ふい》と呼び、呪術と医術はおなじ道にあった。辺境の地ではいまだに分化されていない。吉凶を占い、まじないとともに薬を授け、秘術を行う。

むろん、漂海民というのはいくつもの部族があるので、ほんとうに呪術のみを用いる一族もいるし、そのなかには強力な呪術者もいる。そういう者は、ときに禍をもたらすのだが……。

獣《けもの》のようなうなり声をあげて、漂海民の少年が巾着を持つ少年に飛びかかった。彼はすばやく巾着を押さえて、もう一方の手で下になった少年の顔を思いきり殴《なぐ》りつける。叫び声があがった。ほかの少年たちがあわてて駆けより、殴りつけたり蹴りつけたりしても、漂海民の少年は殴るのをやめなかった。

——一対多数の場合、ともかく一番強い相手をすばやく徹底的に痛めつけるのが定石《じょうせき》だ。ほかはかまわなくていい。最も強い者がやられると、戦意喪失するからだ。

「あの子、強いんだねえ」

隠娘《いんじょう》はぼんやりと喧嘩を眺めている。この少女はどうも、基本的にまわりのことはどうでもいいようだ。関心を向けるのは、貝殻と故郷に関することだけだった。

白雷《はくらい》は少年たちのほうへと足を向ける。強いといっても多勢に無勢、さすがに力尽きかけている。子供たちは加減を知らないぶん、下手《へた》をすれば殴り殺しかねないだろう。

——面倒だが、見殺しにするのも寝覚めが悪い。

「やめろ」

ひとこと言って、白雷は漂海民の少年の腕をつかみ、少年たちの群れのなかから引っ張り出した。大人の出現に少年たちは、はっとこぶしを引っ込める。さらに白雷の顔を見あげ、「岬のまじない師だ！」とあとずさった。

「よそ者にかまうと禍があるぞ。親に言われなかったか」

白雷はじろりと少年たちの顔を順に眺めた。どの少年も青い顔をしている。うしろにいた一番年若そうな少年が飛びあがるようにして逃げだすと、ほかの少年たちもあわてふためいて走っていった。

白雷は漂海民の少年を見おろす。彼は巾着を握りしめ、白雷をにらみあげていた。潮風と陽光で褐色がかった髪をうしろでゆるく結わえている。筒袖の麻《あさ》の上衣に、短袴《たんこ》の裾をまくりあげ、足元は裸足《はだし》だ。足首に、貝殻を削って環《わ》にした飾りをつけた細紐を結んでいた。漂海民がよくつけている飾りだ。部族によって貝殻の形が違っていたり、紐の結びかたが違っていたりする。一族の長《おさ》は大きな巻き貝から作った腕輪や、夜光貝《やこうがい》で作った首飾りを身につけていることが多い。

ふと、少年は視線を和らげた。彼の目は、己の腕をつかんでいる白雷《はくらい》の手首に向けられていた。

「――あんたも海燕子《ハイイエンツ》なんだな。何族？　俺は蛇古族《だこ》だ」

漂海民は自分たちを『海燕子』と呼ぶ。海を自由に行き来する燕《つばめ》だ。

白雷の手首には、菱形《ひしがた》に削った貝殻の飾りをつけた紐が結んであった。白雷は少年から手を放し、上衣の袖をおろす。

「俺の部族はとうに滅んだ。聞いても知らぬだろう」

なぜそう答えてしまったのか。白雷は己の身の上を他人に明かしたことはない。そもそも、面倒なのになぜ少年たちの小競《こぜ》り合いに割って入ってしまったのか。いつもなら見捨てておくのに。

同胞だからか。おなじ海燕子として――。

白雷は小舟のほうに顎をしゃくった。

「さっさと皆のもとへ戻れ。もうべつの浜へ移ったほうがいいだろう」

陸地の民《たみ》と揉《も》めると厄介《やっかい》なことになる。少年はうなずいて、小舟のほうに走っていった。櫂《かい》を器用に操り、見る間に沖合に出てゆく。それを眺めながら、白雷《はくらい》は無意識のうちに手首に触れていた。そこにある貝殻の飾りを、指先でそっと撫でた。

禁《きん》色《じき》

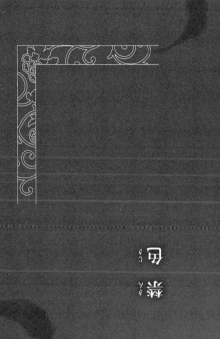

かれ鼇《ごう》の神、海を裂きて浪《なみ》を興《おこ》し、烏漣娘娘《うれんにゃんにゃん》、その暴波《あらなみ》に愁《うれ》ひたまふ。

（それで鼇の神は海を裂いて波を起こし、烏漣娘娘はその荒波に苦しまれた）

*

「烏妃《うひ》さま、先日はありがとうございました」

寿雪《じゅせつ》が外廷《がいてい》に出ようと鰭翁門《きおうもん》に向かっていると、駆けよってきた宮女に礼を言われた。以前、頼まれて失せ物さがしをしてやった宮女である。篤《あつ》く何度も礼を述《の》べると、彼女は自分の宮《みや》に戻っていった。

このところ、こういったことが多い。立ち去る宮女の姿を見れば、その帯に飾り紐《ひも》が提《さ》げられていた。目を引いたのは、それが黒い紐に見えたからだ。

「黒い飾り紐というのは、めずらしいな」

何気なくつぶやくと、

「あれは烏妃さまの信徒のしるしですよ」

とうしろで淡海《たんかい》が言った。

「信徒……？　どういうことだ」

「前にも言いましたけど、来客も貢《みつ》ぎ物も増えているでしょう。烏妃《うひ》さまを崇《あが》めている連中がいるんですよ」

なんだそれは、と思う。

「神にすがるのとおなじですよ。ほら、蚕塚《かいこづか》にお参りする宮女たちのように。侍女《じじょ》などは、飾り紐じゃなく魚形《うおがた》の飾りを提げている者もいますね。娘娘《ニャンニャン》の真似をして」

それは知っている。泊鶴宮《はつかくきゅう》の侍女《じじょ》、紀泉女《きせんじょ》だ。八真教《はっしんきょう》の佩《は》き飾りをやめて、それをつけていた。

——しかし、信徒か。

馬鹿な、と一笑に付《ふ》してしまえない。一時の流行だとしても、そんな者たちが、いったいどれだけいるのだ？

麗娘《れいじょう》の警句が胸をよぎる。

——烏妃はひとりで在《あ》るもの。

烏妃のまわりにひとが集まってはいけない。それは仲間となり、徒党となり、いずれ大きくふくれあがる。

「娘娘のことは、『緇衣娘娘《しえにやんにやん》』と呼んでいるそうですよ。緇《くろ》い衣《ころも》を着ているので」

禁色《きんじき》というのではないが、黒は烏漣娘娘《うれんにゃんにゃん》の色なので、巷間《こうかん》では避けられている。それでなくとも美しい黒を染めあげるには金も手間もかかるので、わざわざそこまでして忌《い》み色の黒い衣を着ようという者もいないのである。

「娘娘《ニャンニャン》のお耳によけいなことを入れるな、淡海《たんかい》」

黙りこんだ寿雪《じゅせつ》を気遣《きづか》ってか、温螢《おんけい》が淡海をとがめる。

「よけいなことじゃないだろ。知っておいて損はない」

「なんでも知ればいいというものではない。娘娘をむやみに煩《わずら》わせるのはよせ」

「おまえはなあ――」

「温螢、淡海」前を向いたまま、寿雪は呼ぶ。ふたりはぴたりと口を閉じた。

「……しばらく誰からの頼みも受けぬことにする。ひとが来ても夜明宮《やめいきゅう》に通すな」

ふたりにそう命じて、寿雪はさきを急いだ。

寿雪が向かっていたのは、冬官府《とうかんふ》である。急いでいたのは、千里《せんり》に呼ばれていたからだ。冬官府の殿舎に入ると、高峻《こうしゅん》がさきに来ていた。大きな几《つくえ》の向こう側に座り、千里がそのかたわらに立っている。几の上には紙の巻物を広げてあった。

格子窓《こうしまど》から淡い陽光がさしこみ、室内を明るく照らしている。それでも夏場とは角度の違いか、陽《ひ》の光は薄く透きとおり、ともするとはかなく割れてしまいそうで、寿雪《じゆせつ》は蜉蝣《かげろう》の薄い翅《はね》を思い浮かべた。

「判読でき得るかぎりを書き写して、巻子本《かんすぼん》に仕立てました。どうしても判読できぬ箇所はその文字ぶんを空《あ》けてあります。あの三十枚は話がつながっているところもあれば、まったくべつの話になっているところもあるのですが、散逸《さんいつ》しても困るので、この一巻にまとめました」

千里《せんり》が言いながら巻物を寿雪の側に広げ直した。

「ここに書写《しよしや》されているのは当時、巷間に伝わっていた不可思議な話……いわゆる志怪説《しかいせつ》話《わ》や占卜書《せんぼくしよ》のたぐい、古代歌謡、それから神話です――この神話というのは、いまに伝わっていない神話です。王朝が代わるなかで失われていった神話も伝承もあまたあると考えられておりますが、そういった意味でもたいへん価値の高い代物《しろもの》です」

そして、と千里はつづける。

「烏漣娘娘《うれんにやんにやん》のことを知るうえでの価値は、それ以上です」

千里は巻物をさらに広げ、そこにある文字を指で示した。

「《かれ鼇《ごう》の神、海を裂きて浪《なみ》を興し、烏漣娘娘、その暴波《あらなみ》に愁ひたまふ》……鼇の神と烏漣娘娘の戦いが書かれています」

戦い、と寿雪《じゅせつ》はつぶやく。

「話の前後がないのでわからない部分もありますが、これは蠕王《ぜんおう》時代──戦乱期も前期のことのようです」

夏の王が冬の王を殺し、それ以降、国は戦乱の世になった。幾度も王が立っては倒されるのをくり返した。蠕王はそうした王のひとりである。正直、寿雪はその時代の王の名をすべては覚えていない。

「つまり、いまからおよそ千年前のことです」

「千年……」

寿雪はその区切りのいい数字を、以前どこかで耳にした気がする。どこでだったか。

「ここには戦いの有様が克明に記されています。海で二神は戦った。戦いは互角。鼇《ごう》の神は荒波を起こし、烏漣娘娘《うれんにゃんにゃん》は暴風を起こして戦いました。波の礫《つぶて》が烏漣娘娘を撃てば、疾風が刃《やいば》となって鼇の神を切り裂く。山は火を噴き、雷の矢が落ちた。そして二神はともに力尽きるのです」

「ともに？」

「はい。──鼇の神は西海《せいかい》に沈み、烏漣娘娘は東海《とうかい》に沈む。二神の戦いの激しさに、伊喀《イカ》菲島《ヒとう》も沈んだ、と」

――伊喀菲島《イカヒ》。

霄《しょう》と卡卡密《カカミ》とのあいだにあり、交易の助けになっていたという島だ。いつごろか、沈んでしまったと。

「前述で山が火を噴いたとありますから、おそらく伊喀菲島の火山が噴火したのではないかと推測されます。それによって沈んでしまった。つづきがあります」

千里《せんり》はその箇所を指でさしながら読みあげる。

「《烏漣娘娘《うれんにゃんにゃん》、すなはち半身を自《みずか》ら斬りたまひて飛びあがり、山上に逃れたまひき。その山を伏翅山《ふくしざん》と謂《い》ふ。半身は黒き羽刈《うかり》の大刀《たち》と成りて海底に沈みけり。この年、蠕《ぜん》王、逆臣に討たれて死にき》――力尽きた烏漣娘娘は、海底深くに沈む前にわが身をふたつに分けられた……これは無視できぬ非常に重要な記述です。烏漣娘娘はわが身を分けることで完全に海に沈むのをまぬかれた。逆に言えば、いまの烏漣娘娘は半身でしかない。烏漣娘娘が弱ったというのは、ここに原因があるのではありますまいか」

千里の声はふだん通り穏やかだったが、隠しきれぬ熱を帯びていた。これは彼が唱えていた説を裏付ける証拠だからだろう。

神々の覇権争い、神の弱体化、そして戦乱の世となり長らく冬の王が現れなかったのは、烏漣娘娘も危機に陥《おちい》っていたからではないか、という。

「このために初代烏妃《うひ》の香薔《こうしょう》が出てくるまで冬の王は現れなかった、と……？」

寿雪《じゅせつ》は自問するように言う。

「そのように思います」千里《せんり》はうなずく。「烏妃さま、以前、宝物庫の番人の羽衣《うい》が『鼇《ごう》の神がお隠れになった』と言ったとおっしゃいましたね」

「ああ」羽衣――つるりとした表情のない顔をしていた、宝物庫の番人だった宦官《かんがん》。その正体は鼇の神に作られた使い部《べ》だった。鼇の神が隠れたために烏漣娘娘《うれんにゃんにゃん》の使い部となったのだと、彼は言っていた。そして鼇の神がふたたびお召しだと言って、消えた。

「この記述がそれを表しているのでしょう。鼇の神は西海に沈んだ。烏漣娘娘と違って、完全に」

「それがよみがえった、と」

「きっかけがあったのか、長いときをかけて力が回復したのか、そのあたりはわかりませんが……」

「ならば、東海に沈んだ烏漣娘娘の半身というのも、よみがえるのか？」

「そうなりましょう。鼇の神の前例があるのですから。――この書が正しければという前提ですが」

黙って考えこんでいた高峻《こうしゅん》がそこで口をはさんだ。

「正しくなくば、ひとひとりの命を犠牲にしてまで隠す理由はない」

千里《せんり》はうなずいた。「さようにわたくしも思います」

「烏漣娘娘《うれんにゃんにゃん》が完全でない、半分の力しかない、という事実を隠したかったのだろう。それに梟《ふくろう》は、鼇《ごう》の神との確執に思いあたることがあるようだった」

梟、という言葉に寿雪《じゅせつ》は、あっと思った。思い出したのだ。

「千年」

洩《も》れた言葉に、高峻《こうしゅん》と千里がそろって寿雪に目を向ける。

「梟がわたしを殺そうとしたとき、申したのだ。『千年、我慢したのだから上出来だろう』と」

あれは、烏《からす》が戦いで傷ついてから千年、という意味だったのだ。罪を犯して流されただけでは、梟はこちらに干渉《かんしょう》しようとはしなかった。ただ烏の様子をうかがうだけだった。だが、ひどく傷ついたのを知って――それから千年、耐えたのだ。

寿雪は黙って広げられた巻物の字を眺める。手を伸ばし、文字を指でさした。

「《半身は黒き羽刈《うかり》の大刀《たち》と成りて海底に沈みけり》……《黒き羽刈の大刀》とは？」

「よくわかりません。《羽刈》という名の黒刀なのか、それともこれ自体がなにかの比喩《ひゆ》であるのか……」

「なんにせよ、烏漣娘娘《うれんにゃんにゃん》の半身は東海に沈んでおる」寿雪《じゅせつ》は千里《せんり》を見あげた。「千里、この半身がよみがえったなら、どうなる？」

千里は難しい顔をする。「わかりかねます。よみがえった鼇《ごう》の神は使い部を取り戻すほどの力を回復したとするなら、烏漣娘娘は……」

寿雪は胸を押さえた。――香薔《こうしょう》は烏妃《うひ》のなかに烏漣娘娘を閉じこめた。だが、どうしてそんなことが可能だったのか？　神と呼ばれるほどの力を持つ者を、一介《いっかい》の巫婆《みこ》がなぜねじ伏せることができたのか……。

烏漣娘娘が弱っていたからだとしたら。

「――閉じこめておけなくなる？」

力を取り戻したら、烏漣娘娘は人間の体になど、とどまっていないだろう。

「烏が、解放されるやもしれぬ……」

「しかし」千里はますます苦渋《くじゅう》に満ちた顔をしている。「それがあなたさまにとって安全な方法で、とはかぎりません」

寿雪は羽根となって飛び散った梟の使い部、宵月《しょうげつ》を思った。器《うつわ》の最期《さいご》とは、あんなものかもしれない。

「だが、これは光明《こうみょう》だ」

寿雪《じゅせつ》は巻物に目を落として言う。

——そう、光明だ。なにひとつ手段を見出《みいだ》せなかったわれらにとって。

千里《せんり》は迷うように、あるいは判断を仰ぐように高峻《こうしゅん》を見た。

「……たしかに、烏を解放し、烏妃《うひ》を救う唯一《ゆいいつ》の手段なのかもしれない」

高峻の声は静かで淡々として、底意がよく知れない。

「だが、どうやったらよみがえるのかが、わからない。鼇《ごう》の神がときの流れによって力を取り戻したのだとしたら、烏漣娘娘《うれんにゃんにゃん》もそろそろよみがえるのか。それとも、おなじようにはいかないのか。あるいは、なんらかの助けがなくばよみがえることはできないのか……」

ひとつ気になることがある、と高峻は言う。

「鼇の神は贄《にえ》を求める、と梟が言っていた」

「贄だと？」寿雪《じゅせつ》は眉をひそめる。「人身御供《ひとみごくう》か」

「あえて鼇の神は、と梟が注意するのだから、烏漣娘娘は……烏は違うのだろう。幽宮《かくれのみや》の神とこちらで生まれた神とで違うのかもしれない」

「鼇の神に人身御供を捧《ささ》げた儀式の記録というのは、たしかに遺《のこ》っています。廟《びょう》跡の地中から出てきた祭祀《さいし》用の青銅器や石に刻まれた絵、墳墓《ふんぼ》から出てきた竹木簡《ちくもつかん》に記された日記などに。いずれも昔のことのようで、現在もある鼇の神の廟でそのようなことが行われている様子はありません。僻地《へきち》ではわかりませんが」

各地の信仰に詳しい千里《せんり》が言う。

「人身御供、あるいは牛など家畜を捧げる儀式というのは、鼇《ごう》の神だけに限ったことではありません。よくあるのは河伯《かはく》や雨師《うし》……河川の神や降雨の神に捧げる場合です。氾濫鎮《はんらんしず》めと雨乞《あまご》いの儀式ですね。鼇の神の場合は、嵐を鎮めるため、あるいは豊漁祈願に人身御供を捧げていたようです。荒れた海に身を投げる若い娘を描いた図や説話が残っています。烏漣娘娘《うれんにゃんにゃん》の廟ではそういった跡はありませんし、現在もそうです」

「鼇の神は海に沈んでいた。海はいろんな生命の生まれるところでもあれば、墓場でもある。魂もさまよう。海難で死ぬ者もおろう」

贄には事欠かないのではないのか。力を取り戻したのが、長い年月をかけてそれらを糧《かて》とした結果だとしたら？

「……よみがえった鼇の神も人身御供を必要とするなら……」

寿雪はつぶやきながら考える。

——いま、鼇の神には巫婆《みこ》がいるはずだ。

八真教の信者であった紀泉女《きせんじょ》たちが口にしていた。鼇の神——白妙子《はくみょうし》の巫婆、隠娘《いんじょう》。まだ小さい少女だと。

黙りこんだ寿雪《じゅせつ》の代わりに、高峻《こうしゅん》が口をひらく。

「贄を必要としない烏漣娘娘《うれんにゃんにゃん》が海で力を取り戻せるのかはわからないが、海の底に沈んでいるのはたしかだろう。われわれで見つけることはできないだろうか」

「見つける……でございますか」

「大刀《たち》となって海底に沈んだ、というならば、さがしだせばいい」

これには寿雪が反駁《はんばく》した。

「さがすといっても、東の海というだけでは場所がわからぬ」

「霄《しょう》の東側には阿開《アケ》の国がある。西側よりは範囲は狭い。そして伊喀菲《イカヒ》島が影響を受けたのだから北寄りだろう」

「それでも砂浜からひと粒の砂を見つけるようなもの――いや、それ以上に難しいことであろう」

「見つけだす方法がないか、梟に訊《き》いてみよう。あるいは、あの男が知っているかもしれない」

誰だ、と言いかけて、思いあたる。

「封一行《ほういちぎょう》か」

高峻はうなずく。「ちょうどいい、訊きに行くか」

「いまからか？」

「もともと、そのつもりだったのだ。――あちらに」

指で格子窓のほうをさし示す。

「別棟《べつむね》の殿舎があるだろう。冬官府《とうかんふ》の者たちは皆、こちらの棟に居住していてあちらは空《あ》いているというのでな、ちょうどよかろうと移してきた。いつまでも内廷《ないてい》で面倒を見ているわけにもいかぬものだから」

ひと呼吸おいて、寿雪《じゅせつ》は「えっ」と小さく声をあげ、間の抜けた声が恥ずかしくなって咳払《せきばら》いをした。

「封一行《ほういちぎょう》が、ここにおるのか」

「そうだ」

「このさき、ここに置いておくつもりか？」

「見張りはつけている。まあ、逃げぬであろうが。得がない。冬官府の放下郎《ほうかろう》のなかには医薬の心得のある者もいるから、その点でも安心できる。行こう」

淡々とした口ぶりで言い、高峻《こうしゅん》はさっさと扉に向かう。千里《せんり》はあわてて、それでも丁寧《ていねい》な手つきで巻物を巻き取りにかかった。「いま案内の者を呼びますから、少々お待ちを、陛下《へいか》」

　高峻《こうしゅん》はなにを言うにもするにも気負いがなく恬淡《てんたん》としているので、ときどき周囲の反応が遅れるのである。

「おぬしはいますこし、物々しくものを申したほうがよいぞ」

「物々しく？　どうやって」

「どう……、ううむ、えらそうにすればよいのではないか」

「そなたのようにか？」

　千里《せんり》が噴きだした。寿雪《じゅせつ》はそちらをにらんだが、千里は「すみません」と言いつつまだ肩が揺れていた。

「なにか悪いことを言ったか？」

　無表情に問う高峻に、

「もう知らぬ」

　寿雪はぷいと顔を背《そむ》けて扉に向かった。

　千里の呼んだ放下郎に案内されて、奥にある殿舎に向かう。放下郎は冬空のような鈍色《にび》の袍《ほう》を着ている。宦官の袍と似たり寄ったりの色だ。

　鈍色の背中を追い、回廊を渡る。回廊は静かで、薄い陽がさしている。似たような造りの回廊でも、後宮《こうきゅう》では化粧の残り香と花の香《か》が漂っているような華やかさがあり、洪濤殿《こうとう》では学士たちの活気が明るく満ちている。ここの回廊は静けさと清らかさに包まれていた。それでいてどこかぬくもりも感じるのは、ここの長官である千里《せんり》の人柄が表れているのだろうか。

回廊から見える中庭には草木がつつましく植えられ、いずれもきちんと手入れされているのがわかる。楓《かえで》の古木に石蕗《つわぶき》、虎耳草《ゆきのした》。静かでよい庭だ。そう褒《ほ》めると千里が喜んだ。

殿舎の外観はところどころ剝《は》がれ落ちた土壁や、割れて苔《こけ》や草の生えた屋根瓦《がわら》など、ほかよりも傷《いた》みが激しく見えたが、なかに入ってみるとそうでもなかった。小さな部屋で調度類も木地《きじ》のままの厨子《ずし》に几《つくえ》、寝台くらいの質素なものだったが、きれいに清掃されて埃《ほこり》っぽさはみじんもない。やはり冬官府《とうかんふ》らしい佇《たたず》まいだと思った。

その部屋のなかで、ひとりの老爺《ろうや》が寝台の上に身を起こしていた。

「陛下……」

部屋に入ってきた高峻《こうしゅん》に驚いて、老爺は寝台から降りようとしたが、高峻がそれをとめた。

「そのままでよい。私はそなたに礼を求めに来たのではなく、話を聞きに来たのだ」

「は……」

痩《や》せた背を丸めて縮こまった、ひどく小さく見える老爺だった。これが封一行《ほういちぎょう》なのか、と寿雪《じゅせつ》は意外に思う。寿雪の知っている老人というのが麗娘《れいじょう》に魚泳《ぎょえい》、それから老婢《ろうひ》の桂子《けいし》で、いずれも堂々たる風格を持ったひとたちであるから、封一行もそのように想像していた。こんなしょぼくれた——としか言いようのない——老爺とは思わなかったのだ。

封一行は朽葉《くちば》色の長衣を着て、脂気《あぶらけ》のない白髪を小さな髷《まげ》に結い、うなだれていた。

「寿雪」

扉近くで足をとめていた寿雪は、高峻《こうしゅん》に呼ばれて寝台へと近づく。そこではじめて、封は寿雪に気づいたようだった。黒衣に身を包んだ寿雪の姿に、彼は目をしょぼしょぼとまたたいただけで、さほど驚きはしなかった。

「烏妃《うひ》さまでございますか」

封は寿雪の視線を避けるように下を向く。

「烏妃さま、私はほんとうに、宵月《しょうげつ》があなたを害そうとしているとは知らなかったのです」

しわがれた弱々しい声で封は言った。

「ほんとうに——」

「そのことはもうよい」

寿雪はぴしゃりと言い放つ。あまりにも弱々しいこの老爺の姿に、妙に苛立《いらだ》った。ひらき直りでもしてくれたほうがよほどいい。この様子では、まるでこちらが手酷《てひど》い仕打ちをしているような気分になる。

封《ほう》はしょぼついた目で寿雪《じゅせつ》をしげしげと眺めた。

「先代の烏妃《うひ》さまによく似ておいでで……いえ、お顔ではなく、物言いが」

——そうか、この者は後宮に出入りしていたのだから、麗娘《れいじょう》とも面識があったのか。

「麗娘とは、親しかったのか？　彼女は巫術師《ふじゅつし》の技をいくつか知っておった」

「ええ、ええ」封はしきりとうなずく。「あのかたに巫術をお教えしたのは、私でございます。いえ、親しかったというほどではございませんが」

「……そうだったのか」

「あのかたは稀有《けう》な烏妃でいらっしゃった。歴代のなかでも最も長命だったのでは。長く生きる烏妃は稀《まれ》で、だいたいが早世するものでした」

「なぜだ？」高峻《こうしゅん》が口をはさむ。

「新月の晩が、あまりに苛酷《かこく》すぎるゆえでございます。何十年と耐えられるものではないと……」

新月の晩には、閉じこめられた烏が烏妃の体から抜け出し、さまよう。それによって烏妃は、四肢《しし》を引きちぎられるような苦しみを味わうのだ。

「だが、先代烏妃《うひ》はそれに耐えたということか」

「まことに、強い意志と胆力《たんりょく》をお持ちのかたでございました。あのかたは、できるかぎり烏妃の苦しみをわが身で引き受けようとなさったのです」

——麗娘《れいじょう》。

寿雪《じゅせつ》は喉《のど》の辺りが苦しくなった。息がつまる。

「巫術は細々としたことに役に立つと、請《こ》われて巫術をお教えしました。われわれは烏妃の見張り役でもございますので、表立って親しくすることはかないませんでしたが——」

「見張り役？」

寿雪は聞きとがめた。

「は……」封《ほう》は目をしばたたく。

「見張り役とはどういうことだ」

「われら皇帝に仕える巫術師は、烏漣娘娘《うれんにゃんにゃん》に対する盾《たて》でございますれば」

「盾」

——似たような言葉を聞いたな。

「『烏漣娘娘に対する万一のさいの防御』……『壁』だと」

羽衣《うい》の言葉だ。

「巫術師も、鼇枝殿《ごうし》も――」

「さようでございます。烏漣娘娘《うれんにゃんにゃん》が、あるいは烏妃《うひ》が夏の王に反旗《はんき》を翻《ひるがえ》したときのために、われらは存在しておりました。そのときには、烏妃もろとも烏漣娘娘を討ち滅ぼすために。それゆえ、われらは後宮に出入りすることを許されていたのです」

いつのまにか、封《ほう》の背筋はしゃんと伸びて、口調もしっかりとしてきている。かつて皇帝に仕えていたころは、こうであったのだろうか。

「とはいえ、烏妃は後宮に囚《とら》われ、孤独の身。われらの目が光っておりますので、配下の者を集めることはできませぬ。烏妃とて、ただひとりで何事かを成すのは難しゅうございます。城から逃れようにも、城門には香薔《こうしょう》の結界があるゆえ、出れば死ぬだけですからな」

「香薔の結界なのか」

城から出れば死ぬ、とは言われているが、もちろん試したことはない。かつて試した烏妃もいたのだろうか。――おそらく、いたのだろう。だから言い伝えがある。

「私も巫術師から巫術師へと伝えられてきた話でしか知らぬことでございますが……」

封は眉をひそめ、怯《おび》えの色を見せた。

「香薔は、己《おのれ》の指を用いて結界としたと」

一瞬、沈黙が落ちる。

「……指？」

訊《き》き直したのは寿雪《じゅせつ》だ。高峻《こうしゅん》と千里《せんり》は黙ってふたりの問答に耳を傾けている。

「手の指か、足の指かはわかりません。城門は九つございますので、九指《きゅうし》を用いた、とのみ聞いております」

――そこまでして。

背中がすっと冷えて、寿雪はかすかに震えた。香薔《こうしょう》をそこまで駆り立てたのは、欒《らん》王朝の初代皇帝・欒夕《らんゆう》への愛だというのか。もはやそれは、愛なのか。

「正確には、九指を用いて詛戸《ヅウフウ》と成《な》す、でございますな。詛戸とは呪物のことでございますれば、結界術というより、もはや呪術に近《ちこ》うございましょう。香薔のかけた呪いです。彼女は自分の亡きあと、烏妃《うひ》が皇帝に逆らわぬか心配だったのでしょうな。後宮にはわれらがおりますが、宦官もいる。冬官府《とうかんふ》には冬官たちもいる。その気になれば――」

「待て。宦官がなにゆえ問題になる」

封《ほう》はまじまじと寿雪を見た。封の瞳は老いて灰色がかっている。

「お聞きではございませんか。宦官をそばに置いてはならぬと」

「それは聞いておる。烏妃はひとりで在らねばならぬと」

封はうなずいた。

「配下を作ってはならぬからです。烏妃《うひ》には配下になり得る者たちがいる。──『灰色の衣は烏漣娘娘《うれんにゃんにゃん》の僕《しもべ》のしるし』。ご存じでございますか」

「ああ、知っておる。……」

灰色の衣。そうだ、はじめて羽衣《うい》に会ったあと、そういえば、とふと引っかかりを覚えたことがある。

──宦官の袍はなぜ灰色なのか。

「本来、宦官は烏漣娘娘の僕でございます。冬官府《とうかんふ》の者たちと同様に。われらが皇帝の盾であるなら、彼らが烏妃の盾なのです」

「……しかし、宦官は……」

皇帝と妃《きさき》たちに仕えるために存在するのではないのか。

「宝物庫の番人がおりましょう」

「羽衣のことか」いまはもういないが。

「あれが本来の宦官の姿でございます。性別を持たぬ、神に仕える者。昔はああした者がほかにもいたと聞いております。現在の、男から作る宦官は、まがいものなのです」

寿雪はまばたきすらできずにいた。口のなかが乾いている。

「……だが、いまの宦官がまがいものであるなら、そばに置いたとて支障があろうか」

「まがいものであるということは、似ているということです。性も世俗も捨てた彼らは、神の奉仕者に最も近い。彼らは本質的に神を必要としているのです。そう感じたことはございませぬか。性を失い、蔑《さげす》まれ、死ねばうち捨てられるだけ。どこにも救いのない彼らの拠《よ》りどころに、容易になってしまえるのです、烏妃《うひ》という存在は。無論、烏妃自身の素質もありましょうが――」

封《ほう》はじっと寿雪《じゅせつ》の瞳を見つめた。

「あなたはおそらく、それができるかたでございましょう。烏妃は望めば、すべてを得られる者なのです」

「……欒冰月《らんひょうげつ》がそのようなことを申しておったな」

ふとその名を口にすると、封の表情が崩れた。目をみはり、唇《くちびる》を震わせる。

「冰月の幽鬼《ゆうき》と会ったのだ」

動揺ひとかたならぬ封に説明してやる。封は冰月の師だ。

しゃんとしていた背筋がまた縮み、封は打ちしおれた。さきほどまでの皇帝付き巫術師の威厳はどこに行ったのか、ふたたび情けない老爺の顔に戻る。

「冰月は幽鬼となってさまよっていたのですか。あわれな」

「いまはもう楽土へ渡っておる。憂《うれ》いはない」

寿雪《じゆせつ》はそう言ったが、封《ほう》はしおしおと顔に皺《しわ》をよせ、涙をこぼした。

「わ……私は、彼を見捨てて逃げたのでございます。死ぬのが怖くて……弟子であったのに」

「己のために泣くな。見苦しい」

またもやぴしゃりと言うと、封は洟《はな》をすすった。

「よく似ておいでで……」

「麗娘《れいじよう》にか。もう聞いたぞ」

「いえ、私を捕らえにきた宦官どのに」

「衛青《えいせい》か」と言ったのは、高峻《こうしゆん》である。

「名前は存じませぬ」

「わたしはあやつになど似ておらぬわ」

眉をよせて文句を言うと、封は「はあ」と黙った。

「宦官の話をしておったのだ。それで？」

「は。どこまで話しましたかな——そう、宦官は烏妃《うひ》の僕《しもべ》になり易いのです。前王朝時代には巫術師がそれを防いでおりましたが、いまはおりませぬ」

巫術師を嫌った先々帝が、すべて追い出すか、処刑してしまった。

「あまりに危うい。このさき烏妃《うひ》というものは、前王朝時代とおなじようにはいきますまい」

「封一行《ほういちぎょう》」

高峻《こうしゅん》が改まったように封を呼んだ。

「は」と封はかしこまる。

「おなじようにいかぬ、というのは、ほかにも理由がある」

封は高峻の言う意味がわからぬ様子で、ぽかんとした。「は……」

「昔とは状況が違う。鼇《ごう》の神が力を取り戻している。烏漣娘娘《うれんにゃんにゃん》は弱るいっぽうだ。――そなたは、烏漣娘娘の半身が東の海に沈んでいるのは知っているのか」

封はぎょっとしていた。

「なぜそれをご存じで」

「処分しきれていなかった古文書《こもんじょ》の写しを見つけた。烏漣娘娘に半分の力しかないことを隠すために、ときの皇帝はあれを処分させたのだな」

「……われらには口伝《くでん》で伝えられております。けして余人に洩《も》らしてはならぬと。処分されたのは烏漣娘娘が半身を失っていることを隠すためでもありますが、もうひとつ」

封は寿雪《じゅせつ》に目を向けた。

「その半身をさがそうなどと、烏妃《うひ》が考えだしては困るからでした」

「なぜ困る」

「烏漣娘娘《うれんにゃんにゃん》が半身を取り戻したら、烏妃のなかにとどめておけなくなると考えられたからです」

そのあたりの考えは寿雪《じゅせつ》たちとも一致する。

「しかし、さがしだせるものなのか？」

「それを恐れたということは、可能なのだろうと思います。おそらく烏妃には。――新月の晩に烏漣娘娘が抜け出すのはなぜだか、おわかりになりますか？」

高峻《こうしゅん》は寿雪を見た。寿雪は封《ほう》に向かい、「自由になるからではないのか」と訊いた。

「己の半身をさがしているのです」

寿雪は息を吐いた。――そうか。そういうことか。それであちこちを飛び回るのか。引きちぎられるような痛みを烏妃に与えながら……。

「……なるほど」

高峻は腕を組んで考えこむ。なにを考えているのかは、寿雪にはうかがい知れなかった。

「鼇《ごう》の神については、そなた、なにを知っている？」

「鼇の神は、ある意味われら巫術師の祖でございます。巫術師に術を授けたのが鼇の神だと言われておりますので。鼇《ごう》の神から術を授けられたひとりの若者がこれを巫術として体系づけ、ひとびとに教え、巫術師は生まれたのだと……。最初の皇帝は鼇の神の末裔《まつえい》と言われておりますが、そのためか、いにしえから巫術師は王朝に仕えておりました。鰲枝《ごうし》殿には鼇の神の加護があり、われらは鼇の神から術を授かった者、ですから烏漣娘娘《うれんにゃんにゃん》に対する盾となるのです」

封の語り口は、幼子にいにしえの伝承を語る翁《おきな》のように穏やかでもあり、厳《おごそ》かでもあった。

「鼇の神は古き原初の神、素朴《そぼく》で野蛮な時代から人々のあいだにあった神でございます。はじめは豊漁祈願、航海の守り神であったのが、しだいに延命長寿の神としても信仰されるようになりました。漁師たちの信仰であったのが、内陸へと移ってきた証拠でしょうな。内陸に移り住んだ漁師によって広められたものでございましょう。内陸の人々には、豊漁も航海守護も必要ありませぬから、延命長寿といったあいまいな信仰になったのでしょう。古き神ゆえ、時代が進めば人々の暮らしも移り変わり、信仰の形も変わり、ついには忘れ去られもいたします。鼇の神にまつわる伝承は、鴞帮《ウーパン》の祭文《さいもん》にいくつか興味深いものが残っておりますが……」

鴞帮といえば温螢《おんけい》もいた遊芸人の集団で、もともとは沿岸部を回って豊漁を祈願する巫《ふ》覡《げき》たちだったと聞く。
封《ほう》はその祭文を口ずさむ。国土の成り立ちから皇帝の起源まで語った、古い言葉と不思議な節回《ふしまわ》しの謡《うたい》だ。

月明かりが海に落ち　双神が生まれなさった　一の神は陰《かげ》の神　二の神は熒《かぐ》の神
海の果て八千夜を隔《へだ》て　一の神は黝《くろ》い御殿にかくれなさり
二の神は月の御殿で楽《がく》を舞い謡《うた》いあそばす　ゆえに一を幽宮《かくれのみや》　二を楽宮《さざらのみや》という
幽宮の水門から生まれた神があり　その名は大鼇《おおごう》の神
罪があって身を八つに斬り散らされなさり　幽宮より流されなさった
首は界《ジェ》　腕は八荒《パーファン》　脚は骨碌《グールゥ》
甲羅《こうら》は山谷となり　血は川となり
まなこは沼となり　息吹《いぶき》は渦となって海流を生み
腐った肉には稲穂が実り種を落とし　桑《くわ》や蚕《かいこ》が生《な》り　民《たみ》が生まれた
そしてひとかけらの骨から生まれたのは白亀の神　名を鼇の神という
荒波を鎮《しず》め舟をお守りくださる
鼇の神から八代ののちに生まれたのは白き王　すなわち皇帝のはじめだそうな……

謡を口ずさんだあと、封《ほう》は咳《せ》きこんだ。千里《せんり》が椅子にかけてあった上衣を持ってきて、封の肩にかける。

「体を冷やさぬようにしてください。薬湯《やくとう》を持ってきましょう」

「申し訳ない」と言いながら、封はまた咳きこむ。千里は自身が病《やまい》がちのために、対応が手慣れている。

「今日のところはもうよい。また来る」

高峻《こうしゅん》が手短に言って、扉に向かう。寿雪《じゅせつ》は背を丸めた封の姿を眺めた。

「……おぬしのように知恵もあり経験もある老人でも、死ぬのを恐れて逃げた負い目を、どうすることもできぬのだな」

子供だった寿雪とおなじように。

封はけげんそうに寿雪を見あげる。寿雪がこの打ちしおれた老爺に苛立つのは、弱い自分自身の姿をそこに見るからだろうか。

「どういう巡り合わせかわからぬが、なんにせよ、おぬしが生き延びたおかげでわたしはいま、いろんなことを知れた。なにが最善であったか、誰に判ずることができようか」

封は目をしばたたく。

「これからさきも訊きたいことはある。息災でおれ」

寿雪《じゅせつ》は部屋を出る。さきに出た高峻《こうしゅん》が、回廊で待っていた。彼のもとに歩みよりながら、思う。なにが幸いとなって、なにが禍《わざわい》となるかなど、わからない。いまは幸いでも、のちに禍に転じるかもしれない。たしかなことなど、なにひとつとしてない。

──それなら己で選びとるよりほかに、たしかなものなどない。たとえそれが間違いであったとしても。

自分で決めたことならば、選びとったという事実だけはたしかなものとして、茫洋《ぼうよう》とした海原で、ただひとつの澪《みお》つくしになるだろう。

*

烏漣娘娘《うれんにゃんにゃん》の真実を知ったあとも、寿雪は夜明宮《やめいぐう》で変わらぬ日々を過ごしていた。いや、以前と違い、後宮の人々から頼みごとを引き受けるのは控えている。『緇衣娘娘《しえにゃんにゃん》』などというわけのわからぬ信仰を、これ以上流行《はや》らせるわけにはいかない。毎夜、やってくる者はあとを絶たぬようだったが、皆、温螢《おんけい》と淡海《たんかい》に追い返されていた。

──だが。

「烏妃《うひ》さま、お頼みしたき儀が――」

　夜の来訪者を追い返しても、後宮を歩いていると取りすがってくる者たちがいるので、寿雪《じゆせつ》は困惑《こんわく》していた。いくら信徒が増えてるだのなんだのといっても、急にこんなふうになるものだろうか。

「しばらく夜明宮《やめいきゅう》に籠《こ》もっておるか」

　借りていた書物を返しに花娘《かじょう》を訪ねた帰り道、そうぼやいていると、また「烏妃さま」と横合いから声をかけてくる宮女がいた。温螢《おんけい》が遮《さえぎ》ろうとしたが、それにかまわず宮女は懇願《こんがん》するように声をあげた。

「頼みを引き受けていただけないのであれば、せめて護符《ごふ》をいただけませんか」

「――護符？」

　寿雪は足をとめてふり返る。

「おなじ宮の宮女や宦官が持っているのを見ました。禍を避ける護符だと」

　――辟邪《へきじや》の護符か。

　たしかに寿雪は護符を与えることもあるが、最近、辟邪の護符を書いた覚えはない。

　――どういうことだ？

「それはわたしが書いたものではない」

「そんな……」

寿雪《じゅせつ》は宮女をふりきり、足早に夜明宮《やめいきゅう》へ向かう。

「妙だな」

つぶやくと、「なにがです?」と淡海《たんかい》が訊いてくる。

「護符ですか」と言ったのは温螢《おんけい》だ。

「それもだが……奇妙ではないか? このところの様子は。いくらなんでも、急にわたしに頼る者が増えすぎておる」

「そういうもんじゃないですか? 熱病と一緒で」

淡海はたいして不自然さを感じてはいないらしい。温螢は真面目《まじめ》な顔つきで、寿雪の言葉を重く受けとめているようだった。

「煽動者《せんどうしゃ》がいるとお考えですか」

「故意にかどうかはわからぬが」

「善意から広めてるやつらは確実にいると思いますがね。それを煽動者と呼ぶならそうなんでしょう。それとは逆に、護符の偽物《にせもの》を売ってるあくどい輩《やから》も」

「やはり偽物であろうな」

「そういう商売を考えるやつはどこにでもいますからね」

だが、と温螢《おんけい》が反論する。

「護符など、知識のない者に作れるとは思えないが」

「どこかしらでもらった護符があれば、それをてきとうに書き写して作れるんじゃないか？　でもあれだな、紙が大量にいるから、それなりに元手のあるやつじゃないとできないな」

「調べますか、娘娘《ニャンニャン》」

温螢は寿雪《じゅせつ》を見る。

「うむ……そうだな。放置するわけにもいくまい」

「では、私は煽動者がいるかどうか調べましょう。――淡海《たんかい》、おまえは偽護符のほうを調べろ」

「俺、おまえに命令されるのいやなんだけどな」

「温螢の言うことを聞け、淡海」

寿雪が命じると、淡海は打って変わっていい笑顔を見せた。

「わかりました、娘娘」

温螢が深いため息をついた。

夜明宮《やめい》に戻ると、九九《ジウジウ》が待ちかねたように駆けよってきた。

「娘娘《ニャンニャン》、さきほど泊鶴宮《はっかく》の侍女が参りまして、鶴妃《かくひ》さまからお誘いがございました」

「晩霞《ばんか》から？　なんだ？」

「お茶のお誘いでございます。ただ、泊鶴宮ではなく、外廷の鯊門宮《さもん》へのお誘いで」

「外廷に？　なにゆえ」

「そちらにいま鶴妃さまのお父上たちが滞在なさっていて、鶴妃さまもたびたびお訪ねになっているのですって」

――沙那賣《サナメ》朝陽《ちょうよう》か。

そこへ茶の誘いとは、晩霞もいったいなぜ。

「鯊門宮というのはどこだ？」

「あたしも外廷のことはよく知りません。案内をつけるからと、最前から泊鶴宮の宦官が待っています」

ふむ、と寿雪は考える。

――しまったな。温螢《おんけい》も淡海《たんかい》も調べに出ていていない。

さすがに護衛をつけるほどでもないか。晩霞は朝陽に気をつけろと言っていたが……。

――しかたない。

「わかった。出かけてくる」

「お供はどうなさいます?」

「温螢《おんけい》をつれてゆく」

嘘をついて殿舎を出た。夜明宮《やめい》を取り囲む林に入り、寿雪《じゅせつ》は頭上を見あげる。常緑の椨《たぶ》の葉が生《お》い茂り、陽を遮っていた。夏のころより葉の緑はくすんで、水気が薄れて見える。

「――斯馬盧《スマル》」

寿雪は星烏《ほしがらす》の名を呼ぶ。声は林の暗い陰のなかを通ってゆき、すぐに羽音が響く。ひびわれたような鳴き声がした。羽ばたきの音とともに一羽の鳥が現れる。星がちりばめられた夜空を切りとったかのような身体を持つ鳥。

手を伸ばすと、斯馬盧は寿雪の腕に舞い降りてくる。慕《した》うようにまたひと声、鳴いた。

「羽根を一枚、もらってゆくぞ」

翼に指を入れる。引き抜くまでもなく、するりと羽根が手のなかに収まった。褐色《かっしょく》に白い斑点《はんてん》のある羽根だ。

「行け」

腕をふると、斯馬盧は飛び立っていった。羽根を護符のように胸元に忍ばせ、寿雪はいったん殿舎に戻る。それから案内役の宦官とともに、鯊門宮《さもん》に向かった。

鯊門宮《さもん》というのは、外廷の西南のほうにあった。来賓用《らいひん》なのか、たいそうな造りである。築地塀《ついじべい》は高く立派な瓦葺《かわらぶ》きで、門構えも厳《いか》つい。その向こうに見える殿舎の屋根はつややかな瑠璃《るり》瓦に、魚のひれと尾のような飾り瓦がついている。軒にさがる凝《こ》った透かし彫りの吊り灯籠《どうろう》が、澄んだ風に揺れていた。冬官府《とうかんふ》などとはずいぶんな違いだ。

門をくぐると、案内役の宦官はそのまま正殿《せいでん》の階《きざはし》をあがったが、なかへ入るのではなく外廊《がいろう》を右に進んでゆく。東にある回廊を渡り、寿雪《じゅせつ》は奥へと案内される。そちらに景色のよい庭に面した殿舎があるのだという。しばらくして池が見えてきた。足をとめて眺める。さざなみの立つ池の向こうには緑の木々が並び、こんもりとした山のようだった。池には奇岩がいくつか据えられ、興趣《きょうしゅ》を添えている。その池の手前に、こちらに背を向けて、ひとりの男が立っていた。

――誰だ？

奇妙な装束《しょうぞく》の男だった。男だと思うのは、背格好からだ。肩幅はあるものの痩《や》せた長身を白茶の長衣に包み、亜麻《あま》色の袖《そで》なしの上衣を重ねている。上衣にはさまざまな色糸で、びっしりと細かな刺繍《ししゅう》が施《ほどこ》されていた。腰帯にも同様の刺繍があり、端から縁《ふち》飾りが垂れている。顔はわからない。うしろ姿だからではない。頭からすっぽりと布をかぶっているからだ。身分ある女人《にょにん》が外出時にかぶる薄絹でもない。あれでどうやって前を見るのだろう。布にはやはり細かく刺繡がされていて、縁には小さな玉か瑠璃の飾りが垂れさがっている。布のしたから編んだ長い黒髪がのぞいていた。紐を編みこんでいる。なにからなにまで、見たことのない風体《ふうてい》だった。

——朝陽《ちょうよう》ではあるまい。

とはいえ、従者にも見えない。異国の者か？

「どうぞ、こちらへおいでなさい」

ふり向かぬまま、その男から声をかけられたので、寿雪《じゅせつ》はぎくりとした。壮年の男の声だ。いつのまにか、案内の宦官はいなくなっていた。寿雪は回廊の階《きざはし》をおりて、池へと近づく。男とは距離をとった。

男のかぶった薄布についた飾りが小刻みに揺れた。男が笑ったのだ、と気づいたのは一《いっ》拍《ぱく》おいてからだった。

「ふ……、案じなさいますな。そう身構えずとも、私はなにもいたしません。ただ、あなたさまと話をしたくてお呼びしただけでございます」

ぞわりと、肌が粟立《あわだ》つような不快感を覚えた。なんだろう。この男に対して、警戒と拒絶を強く感じる。——会ったことがある男か？　いや、ないはずだ。だが……。

「……わたしを呼んだだと？　では、晩霞《ばんか》は」

「晩霞さまは泊鶴宮《はっかくきゅう》においでです。なにもご存じありません。私が侍女にお願いしたのです」

「おぬしは何者だ。沙那賣《サナメ》朝陽《ちょうよう》の側近か」

朝陽に近い者でなくては、おいそれと侍女に頼み事をできるわけもなければ、侍女がその頼みを聞くわけもない。

男はまた笑ったようだった。

「いいえ、側近などとんでもない……。ちょっとした知り合いでございます。私は雨果《うか》の叢星《そうせい》──占卜師《うらないし》のことでございます──、玉眼《ぎょくがん》と申します」

雨果。海を隔てた南方にある小国だ。寿雪《じゅせつ》は名前くらいしか知らない。ほんとうにその国の者なのだろうか。疑わしい。

「なにゆえ、そのような者がここにおるのだ。わたしになんの用だ」

「ですから、話がしたくて」

「なんの話だ」

斬り捨てるように寿雪は言葉を重ねる。そうしないと搦《から》め捕《と》られそうな気がした。どうしてこうもこの男がいやなのだろう。やはりどこかで──。

「呪いの話を」

足元から這《は》いあがってくるような声だった。あっ、と思ったときにはもう遅い。

──呪詛《じゅそ》！

寿雪《じゅせつ》の足首になにかが絡《から》みつく。冷たく骨ばった手の感触だった。動かそうとしても、びくともしない。かえって指がきつく食いこみ、寿雪はうめいた。骨を折られるのではというほどの力だった。よくよく見れば、寿雪のいる辺りの地面を掘り返したあとがある。庭師はこんな真似をしない。抜かった。男の奇妙な風体にばかり気をとられていた。

「ここになにを埋めた」

「訊かねばわからぬか。知れたこと。詛戸《ヅウフウ》に決まっている」

男の口調が変わった。「ここに来る途中、出くわした行き倒れの屍《しかばね》から拝借した」

屍の爪か、髪か、歯か。そんなところだろう。呪物を埋めて呪う相手に踏ませるのは、呪法の常套《じょうとう》手段だ。

「おぬしは……」

この背筋を這い回るような、まがまがしい呪法の気配。底冷えする憎悪。覚えがある。

目の前の男に会ったことがあるのではない、寿雪はこの呪詛の気配を知っているのだ。

──晩霞《ばんか》がかかった、蝦蟇《がま》の呪法。

「白雷《はくらい》だな」

「気づくのが遅いな。会っただけでわかるかと思っていたが」

白雷はゆっくりと寿雪《じゅせつ》に近づく。顔に布をかけていて、なぜ迷いなく進めるのだろう。小さなのぞき穴でも空いているのか。刺繡で覆われていてよくわからない。白雷は手前で足をとめ、寿雪をしげしげと眺めているようだった。

「ほんとうに、こんな小娘だとは思わなかった。これが烏妃《うひ》とは」

白雷は胸の前で指を組み合わせる。寿雪の足首をつかむ手の力がひときわ強くなった。寿雪は顔をしかめる。

「なんなのだ……おぬしはいったい、なにがしたい。わたしのことを知らなかったくせに、わたしに恨《うら》みがあるのか」

「恨みはないが、死ねばいいとは思っている」

なんの気負いもなくさらりと言われた言葉に、寿雪はさすがにぎょっとした。

「それは――恨みがあると言うのではないのか」

「おまえに恨みはない。だが、烏妃《うひ》はいらぬ。弱った烏漣娘娘《うれんにゃんにゃん》など、なんの役に立とう。満足な力もないくせに、なぜ国の中枢《ちゅうすう》にいてかしずかれている？　上に立つなら最も力を持っていなくてはならぬだろうに」

白雷《はくらい》の声に激したところはなく、ごく平坦な声でつまらなそうに語る。寿雪《じゅせつ》には彼の思《おも》惑《わく》が見えなかった。恨みはないのに死ねと言い、憎悪の呪詛を向けるくせに感情はぶつけてこない。

「……鼇《ごう》の神に譲れと？」

白雷は鼻を鳴らした。

「そんなことは、どうでもいい。あとのことだ。私はただ、烏《う》妃《ひ》が気に食わぬ。烏漣娘《うれんにゃん》娘《にゃん》を崇《あが》めている者たちも気に食わぬ。おまえは民を騙《だま》しているとは思わないのか？　弱った神を崇めさせて、八真教《はっしんきょう》などよりよほどたちが悪い。違うか？」

寿雪はごくりとつばを飲みこんだ。返す言葉に惑う。それでは白雷の思うつぼなのはわかっているのに。舌先三寸で八真教を大きくした教主だけに、いやなところを突いて反論を封じてくる。

──しっかりしなくては。

足首が痛む。いやがらせのようなこの程度の呪詛をふりはらうのに、たいした労力はいらない。だが、そのあと白雷がどう出るのか読めなかった。

──この場でわたしを殺す気か。それとも……。

「それで、わたしを呼び出した理由はなんだ」

白雷《はくらい》は黙る。寿雪《じゅせつ》が挑発に乗ってこなかったのが、肩透かしだったのだろうか。すこしわかった。白雷は弁を弄《ろう》することで相手を自分の陣地へと引きずりこむのだ。彼に話の主導権を握らせてはいけない。

「……最初に言ったとおり、話をするためだ」

「話……。つまり、要求か？」

まさか、世間話ではなかろう。こういう場合の『話』というのは、要求の押しつけだ。あるいは脅《おど》しか。

「警告だ。おとなしく夜明宮《やめいきゅう》に籠《こ》もっていろと。そうすれば命まではとらぬ」

「沙那賣《サナメ》朝陽《ちょうよう》からの伝言か」

白雷は答えない。そうだということだろう。

「おとなしく籠もるもなにも、いまここに呼び出しておるのはそちらだぞ。道理の通らぬことを申すな」

話をわざとまぜ返す。

「かわいげのない小娘だ。怯《おび》えて命乞《いのちご》いでもすればいいものを」

白雷は不愉快そうに言った。ようやく感情のほころびが見えた。

「命乞い。わたしが？」

「半端《はんぱ》な呪詛返ししかできぬ小娘が」

冷ややかに言い放つと、白雷の目はいっそう険《けわ》しくなった。そう、この憎しみが、あの呪詛にはあった。

「その目はこのあいだの呪詛返しのせいか。わたしにやられておきながら弱いなどと、どの口が言う。身の程知らずめ」

切れ長の片目が寿雪をにらんでいる。もう一方の目は布で覆われていた。彫りの深い顔立ちだが、唇は薄く血の気がない。一見して冷たい面差《おもざ》しだった。

「話をしたいと申すのであれば、顔ぐらい最初に見せぬか。無礼者」

白雷は飛びすさり、片膝《ひざ》をつく。かぶっていた布が剣に切り裂かれ、地面に落ちる。ようやく白雷の素顔があらわになった。

ぐうっという泥を吐くようなうめき声が地面から聞こえ、足首を縛《いまし》めていた呪詛が消える。剣を地面から引き抜きざま、寿雪は足を踏みだし、白雷《はくらい》の顔めがけて斬りあげた。

寿雪はすばやくふところに手を入れた。そこにあるのは、斯馬盧《スマル》の羽根だ。ふところから引き抜くと同時に、それは褐色の剣へと変じる。寿雪は剣を地面に突き立てた。

「するのはおぬしであろう」

寿雪《じゅせつ》は笑った。

屍のうめき声よりも、ぞっと腹の底が冷えるような声だった。

「俺の片目しかとれなかったことを恥じるがいい。もはや烏漣娘娘《うれんにゃんにゃん》は弱ってゆくだけ、もろともにすべてを失って死ね」

寿雪《じゅせつ》は白雷《はくらい》の顔を眺めた。顔は青白さを増しているのに、目は爛々《らんらん》と燃えている。凍りつく炎のような瞳だ。見覚えのある瞳だった。憎しみを抱く者は皆、こんな瞳を持つのだろうか。

「……おぬしは、烏漣娘娘が憎いのか？」

「おまえたちのすべてが」

白雷は吐き捨てた。

「烏漣娘娘も、その信徒も、烏妃《うひ》も、この国の民すべてを焼き尽くして殺したい」

寿雪はその言葉に引っかかりを覚えた。

「おぬしは異国の民なのか？」

「違う。どこの国の民でもない――俺は海燕子《ハイイエンヅ》の阿尼《あに》族だ」

「海燕子……？」

訊き返した寿雪に、白雷の表情からふっと力が抜けた。あきらめと落胆が混じったような顔だった。

「内陸に住む者は知らぬか。そうか……そうだろうな。俺の一族は知られもせぬあいだに滅びたんだな。路傍《ろぼう》の石や海の泡沫《うたかた》と変わらぬ」

「族滅《ぞくめつ》されたのか」

「刑罰ではない。法もなく、ただ皆殺しにされたのだ。おまえたち霄《しょう》の民に」

白雷《はくらい》の顔からも声からも、さきほどのような激しい憎悪は削《そ》げ落ちていた。ただ静かな怒りとかなしみが底に漂っていた。

「海燕子《ハイイエンツ》は漂海の民だ。定住地を持たず、海で暮らす。漁をし、交易をし、呪術と薬を使う。ときには情報を売る。浜から浜へ移り、沖合いに小屋を建てて浜の民と交流する。彼らが欲しがるのはめずらしい異国の品や貴重な珊瑚《さんご》、真珠、夜光貝《やこうがい》、それから薬だ。薬は呪術と一体だった。奇怪な呪術を用いる俺たちを彼らは恐れたが、薬は欲しがった。なかには呪詛を頼んでくる者もいた——俺は呪詛を得意とした」

いまとおなじく、と白雷は言った。彼はちらりと寿雪《じゅせつ》を見る。

「烏妃《うひ》よ。おまえは血を吐くような後悔をしたことがあるか」

寿雪は彼の瞳をじっと見返し、

「ある」

とだけ答えた。

白雷《はくらい》は池のほうに顔を向ける。寿雪《じゅせつ》からは左目が布に覆われた横顔しか見えなくなった。

「俺は何度も思う。あのとき呪詛返しをすべきではなかったと。俺は十二歳だった。幼い少女にかけられた呪詛を返して、かけた相手は死んだ。死んだのは、少女の父親の後妻になった女だ。死んだ後妻の兄弟たちは激昂《げっこう》した。ほかの住人たちを煽動して、俺の一族を浜におびきだして襲い……おしまいだ」

白雷は口元をゆがめて、かすかに笑った。

「子供の浅知恵で人助けなどするものではない。俺はその少女が気の毒で呪詛返しをしたが、それをしなければ死んだのは少女ひとりですんでいた。その少女の父親は網元で、家には烏漣娘娘《うれんにゃんにゃん》を祀《まつ》った立派な廟があった。村人たちの家にも、豊漁祈願に烏漣娘娘の護符が貼ってあったな。かがり火の焚《た》かれた夜の浜で、俺の一族に襲いかかる村人たちの黒い影は、まがまがしい鳥に見えたものだ。あの炎と踊る影は、目に焼きついて消えることはない。かがり火の明かりのなかで、何度もふりおろされる鉈《なた》や、つかまれてひきずられる女の髪、火に投げこまれる赤子、かかげられる首、飛び散る血……すべてが黒い影だった。俺は影絵を見ていたのだ。一族の皆が切り刻まれ、陵辱《りょうじょく》され、生きながら火に焼かれるのを、俺はひとり海から見ていた。俺だけ沖合いの舟に残っていたのだ。少女を助けたお礼の宴《うたげ》だと誘われたが、行かなかった。予感があったわけではなかったが、結局、そうだったのかもしれない。夜陰にまぎれて舟を漕《こ》ぎ、俺は逃れた。着の身着のまま、ろくな食料もなく漕ぎつづけて、ようやくたどり着いた小島で鴉帮《ウーバン》に拾われたのは僥倖《ぎようこう》だった」

「鴉帮に……」

「そこに巫術師がいてな。ほとんど辻占《つじうら》のようないかさま師だったが。一から巫術を知れたので役に立った。俺の術は一族の呪術と巫術が混じり合っている。巫術の祖は鼇《ごう》の神だが阿尼《あに》族の術は星神にはじまる。航海の神だ。海から生まれ、空を巡り、また海に還《かえ》ってゆく星の神。一は阿加魯《アカル》、二は香香傈《カカリ》、双魚のひれが潮を引き、潮を満たし、浪《なみ》を振り、浪を切り、楽宮《ささらのみや》に月を沈め、幽宮《かくれのみや》に陰を沈めよ――」

寿雪《じゆせつ》は白雷《はくらい》の言葉の途中から髻《たぶさ》の花を抜き、言葉の終わる前に息を吹きかけた。『一は阿加魯《アカル》』からの言葉は呪言《じゆごん》だ。阿尼族の呪術など知りはしないが、対極の言葉を並べ立てるのは呪言と決まっている。

息を吹きかけられた花は真ん中から崩れて花弁を散らし、その花弁は波のようにうねって白雷に襲いかかる。細かな薄い刃《やいば》と化した花弁は白雷の頬《ほお》を裂き、手を切る。呪言は完成しなかった。寿雪に向けられた呪詛の波が、途中で砕け散ったのを知る。

白雷はふところから小瓶をとりだし、中身を寿雪に向かって撒《ま》いた。黒い液体が飛び散ったかと思うと、蛇に変じる。いやなにおいがした。血となにかが混ざっているのだろう。

蠱物《まじもの》か。寿雪は身を引き、羽根の剣をひとふりして蛇の頭を刎《は》ねた。蛇は黒い靄《もや》となって消え、清々《すがすが》しい風が吹き抜ける。

「おぬしではわたしに及ばぬ」

寿雪《じゅせつ》が告げると、白雷《はくらい》はさしたる感情も見せず、

「俺が勝てずともよい。鼇《ごう》の神がいる」

言うや否《いな》や、池から水柱があがった。ひとつではない。つづけざまにいくつもの水柱が立ち、しぶきがここまでふりかかる。

寿雪のみならず、白雷も驚いたように水柱を見あげていた。彼のしわざではないのだ。

白雷は池と反対側をふり返る。そちらは殿舎があるほうだ。池の上に張りだした露台があった。そこにひとりの少女が立っている。白絹《しらぎぬ》の襦裙《じゅくん》を着た、十歳くらいの少女だった。よく陽にやけた肌に、濃いまつげに縁取られた瞳が黒玉《こくぎょく》のように輝いている。垂らしたままの髪が水柱の起こす風に吹きあげられて揺れ、ふりかかるしぶきが真珠の飾りに思えた。

少女の瞳はまっすぐ寿雪に向けられている。

「――隠娘《いんじょう》、やめろ！」

白雷が苛立《いらだ》った声で制するが、少女の表情は動かない。白雷は舌打ちする。何度か呼びかけて、少女はようやくまばたきをした。水柱が鎮《しず》まる。

――あれが隠娘《いんじょう》。

「あんな子供を」

眉をよせると、白雷《はくらい》は鼻で笑った。

「俺が呪術を覚えたのは五歳のときだった。おまえが後宮につれてこられたのも、おなじくらいの歳だろう」

「そうではない。あんな年端《としは》もいかぬ子を、贄《にえ》にするつもりか」

白雷はけげんそうに目を細めた。「なんだと？」

「鼇《ごう》の神の生贄にするつもりかと訊いておる」

「生贄――」

「鼇の神は贄を必要とする。若い娘の贄を。――知らぬのか？」

白雷は黙る。ふたたび口をひらきかけたとき、べつの声と足音が騒々しく割って入った。

「おい、さっきの音はなんだ？」

回廊に人影が現れる。青年がふたりだ。手前の若い青年は足音も衣擦《きぬず》れの音もうるさく、うしろの年上らしき青年は足音、衣擦れの音ともに静かだった。ふたりの青年、とくに若いほうの青年に、寿雪《じゅせつ》は見知った少女の面影《おもかげ》を感じる。晩霞《ばんか》だ。

――晩霞が言うておった、兄たちか。

「やっぱりおまえか。いったいなにをしている」

手前の青年は白雷《はくらい》を嫌っているのか、険しい表情で突っかかる。紺青《こんじょう》の長衣がよく似合う、美しい青年だった。うしろの青年は唇を引き結んでいるが、やはり白雷をよく思っていないのがひそめた眉からわかる。年寄りが着るような煤竹《すすだけ》色の長衣が不思議と馴染《なじ》む、風流な佇《たたず》まいの青年だが、まなざしにはいささか権高《けんだか》なところがあった。気高《けだか》いと言えばいいのか。

「父上もなにを考えて——ん？」

白雷が寿雪に目を向け、その視線《じゅせつ》を追って青年がはたと言葉をとめる。ようやく寿雪が視界に入ったらしい。

「だ——誰だ？」

黒衣のうえ、片手には褐色の剣を携《たずさ》えた女の姿に、青年は面食らっている。

——面倒だな。

寿雪は剣を放りだし、身を翻した。寿雪の手を離れると、剣は羽根に戻る。

「おい、待て！」

声を無視して駆けぬける。彼らのいる回廊にはあがらず、脇を走った。ちらりと青年たちに目を向けると、年上のほうの青年と目が合う。わずかに瞠目《どうもく》するのが見えた。

　寿雪《じゅせつ》は門を抜ける。追いかけてくるつもりはないらしい。足をとめて寿雪は息を整えた。鴬門宮《さもんきゅう》を見あげ、屋根瓦をしばし眺めたあと、足早にそこを離れた。


「いまのは、ここの召使い……であるわけがないな。宮女？　いや、まさか……」

　黒衣の少女が走り去ったほうを見て、亮《りょう》はぶつぶつとつぶやいている。それから池のほうに顔を戻し、「あっ」と叫んだ。白雷《はくらい》はすでに姿を消している。「あの野郎」と亮は毒づくが、父が招いた客人だけに、それ以上強い態度に出るわけにもいかない。晨《しん》は黙って回廊の階《きざはし》をおりた。

　しばらく前に突如《とつじょ》やってきた、顔を隠した異国人ふうの男が白雷であろうことは晨も亮も察しがついていたが、父の手前、知らぬふりをした。正直、父の考えがわからない。あんな男を呼んで、どうするつもりか。危険しか感じない。

　晨は池のかたわらで立ち止まり、身をかがめた。そこに鳥の羽根が落ちている。さきほどの黒衣の少女が落としていったものだ。褐色に白い斑点のある羽根だった。なんの鳥のものだろう。

　――あれは、妃だろう。

金糸銀糸《きんしぎんし》の入った装束に数々の簪、歩揺。身なりの格からして宮女ではない。

だが、それにしては奇妙だった。侍女のひとりもつれず、なぜ白雷《はくらい》と対峙《たいじ》していたのか。

漆黒《しっこく》の衣に身を包み、白い肌に紅《あか》い唇が映《は》えて、雪のなかに凜然《りんぜん》と咲く茶花《つばき》を思わせた。なにより、あの瞳。強くこちらを射る、水に濡れた黒曜石のような黒々とした瞳は、夜の底をのぞきこむかのようで、息をするのも忘れるほどだった。

薄明るい陽の下にいるのに、彼女だけが暗く翳《かげ》を帯び、だが夜露《よつゆ》のように、あるいは月光に輝く甍《いらか》のように、つややかにきらめいて見えた。あの瞬間、周囲の音も色も消えて、彼女だけがたしかにそこにいた。

――女仙か魔物と言われてもうなずける……あのような女人ははじめて見る。

羽根を拾いあげ、長いあいだ眺めたあと、晨《しん》はそれをふところにしまった。

＊

寿雪《じゅせつ》が鯊門宮《さもんきゅう》を訪れた翌日、花娘《かじょう》が夜明宮《やめいきゅう》にやってきた。また書物でも持ってきたのかと思いきや、相談事だった。

「どうにも、対処に困っているのです。阿妹《アーメイ》のお知恵も拝借できればと思いまして」

いつもは清々しく冴《さ》えた顔を憂《うれ》いに曇らせ、花娘《かじょう》はため息をついた。

「なんだ?」

「『緇衣娘娘《しえにゃんにゃん》』をご存じ?」

寿雪《じゅせつ》は目をみはった。「――ああ」知っているもなにも、寿雪のことである。花娘は知らないのかと思ったが、そうではないらしい。花娘は苦笑した。

「わたくしはね、あれはあなたとは別物だと思っているのですよ。烏妃《うひ》を必要以上に神秘的で尊《とうと》いものに祭りあげて、自分たちの苦しみや祈りの捌《は》け口にしているのです。一歩、踏み間違えば、とても危険なものになり得るものです」

信仰の恐ろしさを月真教《げっしんきょう》で知っている花娘は、さらに憂いの色を濃くする。

「『緇衣娘娘』を信心する者のなかには、実際あなたに会ったこともない者もいます。偶像だけがひとり歩きして、神のようにされてしまっている……あまつさえ、それで詐欺《さぎ》をはたらく者も」

「偽護符のことか」

「ええ。それもご存じでしたか」

「あれを売りさばいている者も首謀者も目星はついておる」

偽護符をこしらえているのは、白雷《はくらい》だ。出回っている護符を一枚、淡海《たんかい》が手に入れてきた。その筆跡は、以前見たことのある白雷《はくらい》の書いた呪符とおなじだった。

白雷の協力者は泊鶴宮《はっかくきゅう》にいる。寿雪《じゅせつ》を鴛門宮《さもんきゅう》へと行かせた侍女は、九九《ジウジウ》によれば泊鶴宮の侍女だったと思うというが、誰であったかは判然としない。

淡海《たんかい》の探索によれば、偽護符の出所も泊鶴宮だった。これは偽護符を持っている者に訊けば、たどるのは簡単だ――と思われたが、訊いても口を割らないので苦労したようだ。口止めされていたらしい。とくべつにお願いして烏妃《うひ》さまに書いてもらったものだから、出所が洩れると烏妃さまがお困りになる、とかどうとか。偽物だと言っても信じない。それでもどうにか聞きだして――『どうにか』の詳細を淡海は言わなかったが――泊鶴宮の宦官から買ったと突きとめた。その宦官が誰なのかは、いま調査中である。

温螢《おんけい》が調べていたこの騒動の煽動者というのも、たどれば泊鶴宮に行き着いた。宮女や宦官はそれぞれ個々でほかの宮とつながりがあり、その関係性を温螢は地道に追っていったのである。

「わたしの宦官が調べたことなのだが」

と言って、寿雪は几《つくえ》の上に紙を広げた。

「案外、宮女や宦官というのは横のつながりがあるものなのだな」

紙には各宮にいる宮女、宦官の名前が記され、交友関係がある者同士のあいだには線が引かれている。それを見ると、後宮内には宮とはべつのつながりがあることがわかる。

「まず商家の出身であるとか、豪農の娘だとか、そういった出自によってのつながりがある。それから、出身地域。だいたい京師《みやこ》の出である者が多いが、そのなかでも東か西か、宮城《きゅうじょう》に近いか遠いか、それで交友関係が分かれている。官吏《かんり》の娘たちはほかの娘たちとはあまりかかわらず、排他的だ。宦官は出身地がまちまちで、そうなると同郷の者同士のつながりが強くなる」

たとえば——と、寿雪《じゅせつ》は泊鶴宮《はっかく》のとある宦官の名前を指さした。

「この者は翊《よく》州の出身だが、飛燕《ひえん》宮にも翊州出身の宦官がおる。それで、このふたりは宮が違っても仲がよい。加えて、おのおの自分の宮で仲のよい同僚もおる。ゆえに、彼らは間接的につながりができる。そこで泊鶴宮の宦官から、『緇衣娘娘《しえにゃんにゃん》』の信仰が伝わっていった」

そうして『緇衣娘娘』は急速に伝播《でんぱ》していったのである。

「これは……たいへんでしたでしょう、これだけのことを調べるのは」

花娘《かじょう》が図を見て感嘆の声をあげる。「優秀な宦官ですこと」

「うむ」

寿雪は誇らしいような、くすぐったいような気分になった。己が褒められてもこんな気分にはならない。

「この図を見ますと、中心地は泊鶴宮《はっかくきゅう》のようですね」

「わたしが晩霞《ばんか》……鶴妃《かくひ》を助けたことが発端《ほったん》やもしれぬ」

いや、発端というなら、もっと前だろうか。夜明宮《やめいきゅう》を出て、多くのひとの頼みを聞くようになった……はじまりは、高峻《こうしゅん》の頼みか。

「首謀者というのは？」

「それは——」

泊鶴宮で主導しているのは、侍女のうちの誰かだろう。裏で糸を引くのが白雷《はくらい》だ。さらにその奥に朝陽《ちょうよう》がいる。白雷と朝陽がつながっていることは判明した。明かしたのは、それが得策だからなのだろう。脅すには。

——夜明宮でおとなしく逼塞《ひっそく》していろ。命が惜しくば。

そういう脅しだ。この騒動がもっと大きくなり、暴動でも起きた日には、月真教とおなじだ。寿雪《じゅせつ》は処罰を受けずにはすまない。

白雷は烏漣娘娘《うれんにゃんにゃん》を憎んでいる。では、朝陽は？

寿雪——あるいは烏妃《うひ》が邪魔なのか。鶴妃の父として？

「……」

「阿妹《アーメイ》？」

花娘《かじょう》に呼びかけられ、われに返る。

「ああ。……泊鶴宮《はっかくきゅう》の侍女をさぐっておる。そのあたりであろう」

「そうですか。いずれにしても、泊鶴宮ですね。そうなると、やはり鶴妃《かくひ》にことを収めてもらわねばなりませんね」

花娘は憂鬱《ゆううつ》そうに息をつく。

「そうか、おぬしがそういったことも気を回さねばならぬのか」

「陛下のお手を煩《わずら》わせるわけには参りませんから」

後宮内のことは、基本的に最上位の妃が差配する。偽護符の問題はあるものの、いまのところ勒房子《ろくぼうし》が出張ってくるような事件でもない。曖昧模糊《あいまいもこ》とした信仰騒ぎだ。花娘としては、後宮の主《あるじ》として、大きな騒動になる前に収めなくてはならないのだろう。

「鶴妃に話をすることにします。あのかたはお若いけれど、ものの道理をよくわかってらっしゃるかたですからね。あまりそうしたふうを表にはお出しになりませんけれど」

「そうだな……」

はじめて会ったとき、晩霞《ばんか》はつかみどころのない、浮世離れした少女に思えた。だが、実際のところ彼女は深く思索《しさく》に沈むたちで、内省的で、他人を思いやることもできれば、立場や建前といったことも理解している少女だ。なにもわからぬ童女ではない。

——晩霞《ばんか》は、いくらか事情を知っているのかもしれない。

だが、おそらく朝陽《ちょうよう》と一体ではない。白雷《はくらい》のことは心底から毛嫌いしていた。呪詛に苦しむさなか、うわごとで言うほど。あれに偽《いつわ》りはあるまい。

すこしずつ、晩霞や白雷、朝陽たちの形があらわになってきた気がする。

「阿妹《アーメイ》、やっぱりあなたに相談してよかった。どうもありがとう」

花娘《かじょう》はいくらか憂鬱な陰りが晴れた顔で、にこやかにほほえんで帰っていった。


晩になって、高峻《こうしゅん》が来た。

「鯊門宮《さもん》に行ったというのは、ほんとうか？」

来るなり、いささか詰問《きつもん》めいた口調で言われたので、寿雪《じゅせつ》は面食らう。

「ああ……昨日のことだが」

「なぜ、勝手に。いや、無事だったか？　無事でなかったという報告は受けてはいないが」

狼狽《ろうばい》しているらしい。見た目は変わらぬ落ち着いた無表情だが、発言は彼らしくなく要領を得ない。

「なにを言いたいのかわからぬ。落ち着くがよい。茶でも飲め」

高峻《こうしゅん》に『落ち着け』などと言うときが来るとは思わなかった。高峻は言われたとおり、素直に茶を飲んでいる。

「……すまない。心配したものだから」

「ほう」

率直な言葉に、寿雪《じゅせつ》はなんと答えていいかわからずそれだけ言った。

「注意しておくのだった。沙那賣《サナメ》朝陽《ちょうよう》には気をつけろと。まさか、そなたを鯊門《さもん》宮に呼び出すとは思わなかった」

――お父さまには、気をつけてね。

「注意は別方面から受けていた。大丈夫だ」

「別方面？」

「晩霞《ばんか》だ」

「……鶴妃《かくひ》が……？」

「おぬしに言わねばと思うておった。朝陽と白雷《はくらい》はつながっておるが、晩霞がどこまで通じているかはわからぬ。彼女は白雷を嫌っておるから――父親のことは、尊敬の念と恐れがない交ぜになっておるな」

寿雪は朝陽が嫌いである。会ったこともないが。娘にあんな選択を強《し》いる父親など、ろくなものではない。たとえ晩霞《ばんか》がどれほど父親を好きだとしても。

「……朝陽《ちょうよう》は、そなたの秘密を知っている。そしておそらく、烏妃《うひ》の秘密もだ」

静かに言われた言葉に、寿雪《じゅせつ》は眉をひそめる。

「どこから洩れたかはわからぬが。そなたのことを敵視している。だから気をつけろと、早く言っておくべきだった。すぐさま危害を加えるような様子はなかったのだが」

「危害は——加えられておらぬ。結果として。返り討ちだな」

「返り討ちか」

高峻《こうしゅん》はふっと笑みを浮かべた。寿雪はすこしほっとする。心配されるよりも、それくらいのほうがいい。

「脅されただけだ。おとなしく逼塞していろと。白雷《はくらい》を通じてだが。わたしは朝陽には会《お》うておらぬ」

ああ、と思い出す。

「晩霞の兄らしき者たちには遭遇したな」

「朝陽の長男と三男がともに来ている。そのふたりだろう」

「次男は？」

「賀《が》州に残されているそうだ。どうも、朝陽が最も信を置いているのは次男らしい」

「そうなると長男は複雑であろうな」

「まあ、跡目は長男に継がせるのだろうが……。沙那賣《サナメ》の家事情はともかく、その者たちになにか言われるか、されるかしたか？」

「いや、なにも。ちらりと顔を合わせただけだ。わたしが誰か、見当もつかぬ様子であったし、白雷《はくらい》をやはり毛嫌いしておったぞ」

「それならいいが」

「あの様子からすると、朝陽《ちょうよう》は息子たちを引きこんではおらぬのだな。単独で白雷と通じて、ことを起こしておるのだ」

「ふむ……」

高峻《こうしゅん》は腕を組んで考えこむ。「なるほど、単独か。……」

「おぬしはひとりで考えこむから、わたしはときどきいやになる」

ぽつりと洩らすと、高峻はつと顔をあげた。

「え？」

「――二度は言わぬ」

「いや、聞こえている。そうか。しかし、なんでも口に出して考えればいいというものでもないと思うが」

「なんでもとは言うておらぬ。ことの次第によるであろう」

「……いまは口に出したほうがいいか？」

寿雪《じゅせつ》はうなずいた。

「そうか。沙那賣《サナメ》一族というものの特性を考えていた。あの一族は当主の意見が絶対だ。前にも話したと思うが、年長者を敬《うやま》う習いがある。裏を返せば、それだけ当主の責が重いということだ。当主は対応を間違えてはならぬし、一族からの信を裏切ってはならない。目下の者に相談するということもない。朝陽《ちょうよう》の父親もそうだったのだろう。だから朝陽は息子たちにもなにも話さない。自分だけで決める。そういうことなのだろうと」

「なるほど……」

「彼は沙那賣のために行動する。一族のためにならぬと思えば、たぶん私のことも裏切るのだろう。いまは一族の安寧《あんねい》のために私に尽くすと言っている」

「おぬしに尽くす？」

「つまりは、そなたを排除するということになり得る」

――そういうことか。

腑《ふ》に落ちた。

「それで、おとなしくしていろ、か」

「あの男の行動は読めぬところがある。今回のように。あまり目立たぬほうがいい」

「おぬしもおとなしくしていろと申すか」

寿雪《じゅせつ》はすこしムッとした。

「そうではない。朝陽《ちょうよう》の目につくようなことは控えたほうがいいと――」

「なにゆえ朝陽の機嫌をうかがうような真似をせねばならぬ」

寿雪は顔を背けた。高峻《こうしゅん》の言っていることはわかる。わかるが、腹立たしくなった。理屈はわかっても、感情が収まらない。理屈はいくらでも感情でねじ曲がる。

「……私はそなたの心配をしているのだ」

苛立ちと困惑が混じった声で高峻は言った。寿雪の言いように困惑しているのか、自身の苛立ちに困惑しているのかは、わからない。

寿雪は高峻に目を戻した。その表情を見て、後者だとわかった。寿雪に怒りを覚えている顔ではない。困ったように寿雪を見ている。とほうに暮れている。寿雪に困っているのではなく、己の心をどうしたらいいのか持て余している。それがよくわかった。なぜなら寿雪もまたおなじだからだ。どうしてこんなに感情にふり回されるのかわからない。相手が高峻以外に、こんな苛立ちと戸惑《とまど》いと両方が一緒になった気持ちになることはない。

「……わかっておる。もとより、わたしはおとなしくしておらねばならぬ身だ」

「いや、私は──」

言いかけて、高峻《こうしゅん》は口をつぐんだ。

「……鯊門《さもん》宮の動きには、私もじゅうぶん注意を払う。あと半月ほどで彼らは京師《みやこ》を離れる。朝陽《ちょうよう》も賀《が》州に戻れば、そこまで強引な手は打てぬだろう」

そう言い置いて高峻は、いつもより慌《あわ》ただしく夜明《やめい》宮を出ていった。『緇衣娘娘《しえにゃんにゃん》』について話しそびれたが、おそらくとうに報告はあがっているだろう。花娘《かじょう》を差し置いてあれこれ言うのも気が引ける。いますこしなにかあれば話をすることにしよう、と考えた。

これが間違いであったと、寿雪《じゅせつ》は思い知ることになる。


花娘は侍女と宦官を引き連れ、泊鶴《はっかく》宮に向かった。柏槇《びゃくしん》の生け垣が宮を守るように取り囲んでいる。針のような細かい葉のあいだには、小さな実が生《な》っていた。その向こうには瑠璃瓦が濡れたように照り輝く殿舎が見える。飾り瓦は翼を広げた鶴《つる》、その下にさがる灯籠の透かし彫りも鶴の文様だ。殿舎のまわりに巡らした築地塀には雲母《うんも》が塗りこまれているので、白々ときらめいている。門をくぐると宮女や宦官が居並び、そろって揖礼《ゆうれい》して花娘を出迎えた。そのあいだに鶴妃《かくひ》が待っている。うしろに侍女を従えていた。膝を折って礼をとる鶴妃のうら若い顔はこころなしか青白く、それを隠そうとしてか頰も唇も紅《べに》が濃い。かえって顔色の悪さが際立《きわだ》ってしまっているが。

花娘《かじょう》は広々とした正殿の広間に通される。あけ放たれた扉から庭がよく見えた。高峻《こうしゅん》が植え替えさせたという梔子《くちなし》の庭だ。ふっくらとした楕円《だえん》形の実が、ほんのりと朱《あか》く色づきはじめている。ふくらんでゆく実を見ると、花娘は己がもはや子を生《な》すことはないのだという思いが迫り、寒々しい風となって胸を吹き抜けてゆく心地がする。不満でもなければ絶望でもなく、ただひっそりと、秋風が身に染《し》みるだけだ。

鶴妃《かくひ》の侍女が茶を運んでくる。漂う芳香に、帝《みかど》に出すのとおなじく最高級の茶を出してきたのがわかる。侍女の身のこなしも態度も品よく丁寧《ていねい》で、文句をつけるところはひとつもない。ただ、侍女の腰には黒い飾り紐が提がっていた。ちらりとそれを見て、部屋の端に待機するほかの侍女たちをうかがう。どの侍女の腰にも黒い飾り紐があった。なかには寿雪《じゅせつ》がしているような魚形の飾りを提げている者もいる。目の前の鶴妃、晩霞《ばんか》の帯には、銀細工が提がるばかりで黒紐はない。向かい鳥の柄を織りだした深緑の衫襦《ひとえ》に、碧緑《あおみどり》と濃《こ》紫《むらさき》の縞《しま》模様の裙《くん》。いずれも沙那賣《サナメ》の絹を用いた衣だろう。やわらかな光沢《こうたく》が美しい。

晩霞は口をひらかない。上位の妃から声をかけるのが決まりだからである。

「よいお茶ですね。蕪《ぶ》州かしら」

無難な言葉をかけると、晩霞は「はい、姐姐《おねえさま》」と言葉すくなに答える。『姐姐』は上位の妃に対する呼称である。晩霞《ばんか》自身は気分がすぐれぬからと、白湯《さゆ》を飲んでいる。

「お痩せになったのではなくて？」

「ええ、すこし……夏の疲れからか、食欲がないものですから」

晩霞は白湯の器を両手で包み、のぞきこむようにしている。そこになにが映っているのか。痩せたわりに顔や指は浮腫《むく》んで、腫《は》れぼったい。

「あなたは、烏妃《うひ》さまとは親しいの？　歳が近いでしょう」

唐突な問いに、晩霞は顔をあげてきょとんとした。そんな表情をすると、歳より幼く見える。

「は……いえ、親しくはございません」

「仲よくなさるといいわ。とてもおやさしいかたですから」

「……よく存じております」

「そう。では、烏妃さまを煩《わずら》わせぬようにしないといけませんね」

晩霞はじっと花娘《かじょう》の顔を見つめた。

「あのかたに、なにかございましたか」

「なにかあってはいけないというお話ですよ」

晩霞は戸惑うように瞳を揺らしたが、花娘の言いたいことは理解しているようだった。

「わたくしに、なにを求めてらっしゃるのですか？」

「泊鶴宮《はっかくぐう》の者たちの監督ですよ。箍《たが》が外れぬよう、手綱《たづな》を握っていてくださいまし。それが宮を預かる妃の役目です」

花娘《かじょう》の言葉を、晩霞《ばんか》はまじろぎもせずに聞いていた。かすかにうなずく。

「わかっています。——そうですか。ここの宮の様了は気づいておりましたが、ほとんど出かけないもので、よその宮までは存じあげませんでした。そちらにまで波及しておりますか」

「後宮内に広がっております」

晩霞は黙りこむ。ほんとうに知らずにいたのか、知っていながら放置していたのかはわからない。

「申し訳ございません。ここの者たちによく言って聞かせます」

「わかってくださってよかったわ。よろしくお願いしますね」

迂遠《うえん》なやりとりだったが、晩霞に伝わったならそれでいい。花娘は腰をあげた。

「——お待ちください、鴦妃《おうひ》さま」

呼びとめたのは、晩霞ではない。部屋の隅にいた侍女のひとりだ。二十歳《はたち》前だろうか。白々とした卵のような肌と形をした顔に、品のよい目鼻立ちの、慎《つつ》ましやかな佇《たたず》まいの若い侍女だった。

侍女は一歩前に進みでて、訴えかけるように言った。

「鴦妃《おうひ》さまは、わたくしどもが『緇衣娘娘《しえにゃんにゃん》』をお慕《した》いすることをお咎《とが》めにいらっしゃったのですか」

彼女の帯からは黒い飾り紐が提がっている。

「いくら鴦妃さまといえども、わたくしどもの心のうちのことまで咎め立てなさるのは行きすぎではございませんか。わたくしどもがなにを信じ、崇めるかは自由でございましょう」

透きとおるような澄んだ瞳をした侍女の一途《いちず》な気迫に、花娘《かじょう》はたじろいで一歩さがる。

ぞっとした。まさかここまで進んでいるとは。

「無礼な。さがらぬか」

花娘の侍女が目を吊りあげて前に出る。

「鴦妃さまが至極《しごく》穏当に説いたのがわからぬのか。おまえたちは後宮を乱しているのだ。偽護符などばらまいて、なにが自由か」

「偽護符など、なにかの誤解でございます。そんな嘘でわたくしどもの信仰を押さえつけようとなさるのですか」

「なにを愚かな――」

「愚かですって」と声をあげたのは、べつの年かさの侍女だ。「それは『緇衣娘娘《しえにゃんにゃん》』を愚《ぐ》弄《ろう》したもおなじこと。無礼はそちらですよ」

「そうよ、ひどいわ」

ほかの侍女も口々に非難する。その声は徐々に高まり、侍女たちは興奮していった。花《か》娘《じょう》の侍女も、さすがに異様なものを感じてあとずさる。

――これは。

いけない。花娘は晩霞《ばんか》のほうを見る。彼女は立ちあがっていたが、呆然《ぼうぜん》と侍女たちを眺めていた。彼女も、もはや制御できないのだ。

うしろにさがった花娘は、背後のひと影にはっとする。ふり向けば、外廊から宮女や宦官たちが部屋をのぞきこんでいた。その腰には一様に黒い飾り紐が提がっている。

「か、花娘さま」

その向こうで花娘がつれてきた宦官たちが困惑している。侍女たちは顔をひきつらせて花娘のそばに集まってきた。

「鴦妃《おうひ》さま、さきほどおっしゃったことは、撤回なさってください」

鶴妃《かくひ》の侍女たちは、じりじりと花娘に近づいてくる。

花娘《かじょう》の心臓が早鐘《はやがね》を打った。

寿雪《じゅせつ》が夜明宮《やめいきゅう》で衣斯哈《イシハ》に字を教えていたとき、慌ただしく殿舎に駆けこんできた者がいた。

「う――烏妃《うひ》さま」

泊鶴宮《はっかくきゅう》の侍女、紀泉女《きせんじょ》である。温螢《おんけい》と淡海《たんかい》も一緒に来ている。ただごとではない、と感じて寿雪は立ちあがった。

「どうした」

「娘娘《ニャンニャン》、どうやら泊鶴宮で変事が」

温螢が言う。「鴦妃《おうひ》さまになにかあったようなのですが、この者の言うことがはっきりせず」

「花娘に？　――紀泉女、なにがあった」

「は……」

泉女は肩で息をしている。九九《ジウジウ》が彼女に水を飲ませた。前にもこんなことがあったな、と思う。あのときは晩霞《ばんか》の危機だった。

「晩霞ではなく、花娘が危ないのか？　花娘が泊鶴宮に？」

尋《たず》ねると、泉女《せんじょ》はうなずく。花娘《かじょう》と泊鶴宮《はっかく》——もしや、と思い当たる。

「花娘は、『緇衣娘娘《しえにゃんにゃん》』の件で晩霞《ばんか》のもとへ行ったのだな」

「はい……、それで、泊鶴宮の侍女たちが、怒りだしまして」

汗をぬぐいながら泉女は話す。

「怒りだす……鴦妃《おうひ》相手にか」

「はい。異様でございました。わたくしも怖くなりまして、途中であわてて抜け出してこちらに。鴦妃さまになにかあってはと……きっと、とめられるのは烏妃《うひ》さまだけでございます」

「晩霞がおるであろう」

泉女はかなしげに首をふった。

「もはや、晩霞さまの言うことは誰も聞きません。吉鹿女《きつろくじょ》さまでさえ」

吉鹿女は古株の侍女である。かつては八真教《はっしんきょう》の熱心な信徒で、晩霞が呪詛に倒れたときには最も取り乱していた。晩霞を救ったことで最も寿雪《じゅせつ》に感謝したのも、彼女であった。

「……わかった。わたしが行く。急ごう」

心配そうにする九九《ジウジウ》や衣斯哈《イシハ》を残して、寿雪は温螢《おんけい》と淡海《たんかい》をつれて夜明宮《やめい》を出た。

寿雪《じゆせつ》が泊鶴宮《はつかく》に着いたとき、殿舎の外では宦官たちが争っていた。それぞれ、泊鶴宮と鴛鴦宮《えんおう》の宦官らしい。つかみ合い、言い争っている彼らをとりあえず放っておいて、寿雪は階《きざはし》をあがった。器の割れるような音が響いて、急いでなかへと飛びこむ。

几《つくえ》がなぎ倒され、茶器が散乱していた。そのそばで侍女たちが髪やら衣やらを引っ張り合っている。いずれの侍女も髻《たぶさ》は乱れに乱れて、襦裙も破れていた。寿雪がやってきたことにも気づいていない。

すすり泣く声が下方から聞こえて、寿雪は見おろす。扉近くの床に花娘《かじよう》が倒れこみ、そのかたわらで侍女が泣いていた。

「花娘！」

あわててそばに膝をつくと、「阿妹《アーメイ》？」と花娘が頭をもたげる。体を起こすのに寿雪は手を貸した。

「怪我《けが》をしたのか」

「いいえ、誤って転んだだけですから、なんとも……」

と言うが、花娘は足を動かしたさいに顔をしかめた。捻《ひね》ったのかもしれない。

「花娘さまはここを出ようとして、つまずかれたんです」

まだ年若い侍女がすすりあげながら言う。「あの侍女たちが恐ろしい形相《ぎようそう》で近づいてくるものですから」

「わたくしの言いかたがよくなかったのです。対応を誤りました。これほどとは」

「そんな、花娘《かじよう》さまは――」

「それはあとでよい。ともかくここを離れよ」

淡海《たんかい》、と寿雪《じゆせつ》はうしろをふり向く。背後には淡海と温螢《おんけい》がいる。

「花娘を鴛鴦《えんおう》宮までつれていってくれ」

「はい。――鴦妃《おうひ》さま、失礼しますよ」

淡海は花娘を難なく抱《かか》えあげると、部屋を出ていった。それを見届けてから、寿雪は部屋のなかへと足を進めた。

「やめぬか、おぬしら」

声をかけたが、侍女たちの金切《かなき》り声と争う物音にかき消される。埒《らち》があかない。争っているのは十人程度だ。とりあえず近場から収めよう、と寿雪はそばで取っ組み合っている侍女ふたりを引き剝《は》がしにかかった。温螢を呼んで、それぞれ侍女を取り押さえる。

「あっ、烏妃《うひ》さま……」

引き離されてようやくわれに返ったのか、寿雪を見て侍女ふたりは驚き、かしこまる。この調子でやれば収束しそうだ、と思ったとき、ひときわ大きな金切り声が響いた。「放しなさいよ！」とかどうとか言う叫び声だ。やれやれ、とそちらをふり向くと同時に、影がさした。

鈍《にぶ》い音がした。硬い物がぶつかるような、いやな音だ。寿雪《じゅせつ》にぶつかったのではない。寿雪のかたわらにうずくまる者があった。血が滴《したた》って床に落ちる。

争う侍女の投げた器が、寿雪に向かって飛んできたのだ。瞬時に取り押さえていた侍女を放して寿雪のそばに駆けよった温螢《おんけい》より早く、彼が盾《たて》になった。

「――衛内常侍《えいないじょうじ》」

温螢が唖然《あぜん》とした声をあげた。信じられないような響きだ。衛青《えいせい》は額《ひたい》を押さえ、膝をついていた。寿雪は状況が理解できず、動けない。

――かばったのか？　わたしを。

衛青が？　なぜ。

「皆、その場を動くな」

静かな、だが厳《おごそ》かによく通る声が響いた。高峻《こうしゅん》が入り口に立っている。侍女たちは驚愕《きょうがく》の面持《おもも》ちであわてふためき、その場に額《ぬか》ずく。ひと声で騒ぎが収まった。

高峻はゆっくりと歩いてくると、衛青のかたわらで立ち止まった。ふところから手巾《しゅきん》をとりだし、彼にさしだす。「深いか」「いえ」という短いやりとりが交わされる。衛青は手巾を額に押し当て、立ちあがった。寿雪《じゅせつ》のことは一顧《いっこ》だにしなかった。

高峻《こうしゅん》は部屋のなかを見まわす。ひどい有様だった。調度類は傷つき、壊れ、侍女たちも散々な姿だ。

「鶴妃《かくひ》」

高峻は晩霞《ばんか》を呼ぶ。そういえば、晩霞の姿が見当たらなかった、と寿雪《じゅせつ》は改めて部屋のなかをさがす。と、部屋の隅にうずくまっていた少女がそろりと立ちあがる。晩霞だ。青い顔で、うなだれていた。

「怪我は」

「……ございません」

「申し開きはあるか」

晩霞は気怠《けだる》げに顔をあげ、力なく首をふった。

「ございません。わたくしの不始末です」

「待――」寿雪が口をはさもうとするのを、高峻はふり返って目で制した。

「話は鴦妃《おうひ》の宦官から聞いている。鴦妃に重い怪我がなかったのは幸いだったが」

高峻は静かに部屋にいる侍女たちを眺めた。その静けさに、逆に縮みあがるような冷えびえとした憤《いきどお》りを感じた。辺りの気配が冬のように冷たく張りつめ、肌を刺し、かつ重苦しくのしかかる。寿雪《じゅせつ》は、彼がかつて禁軍《きんぐん》を率いて皇太后《こうたいごう》一派を制圧した、武人の一面を持つことを思い出した。侍女たちは顔をあげることもできずに震えている。

「皆の者、顔をあげてまわりの様子を見るがよい」

侍女たちはおそるおそる顔をあげ、辺りを見まわす。惨憺《さんたん》たる部屋と自分たちの有様に、ううう、とうめき声があがるのが聞こえた。

「己の行いを恥じよ」

高峻《こうしゅん》の言葉は短かった。侍女たちはうなだれる。

「処分は追って知らせる」と告げ、高峻はきびすを返した。ちらりと寿雪に目を向ける。暗く悩ましげな色が浮かび、消えた。

「烏妃《うひ》よ。そなたも責めを負わねばならぬぞ」

嘆息《たんそく》を洩らすような声で、高峻はひそやかに言った。

「ほかの者同様、処分は追って知らせる」

そう告げて、高峻は殿舎を出ていった。衛青《えいせい》が影のようにそのあとをついてゆく。寿雪はただぼんやりとそのうしろ姿を見つめていた。いつも彼が夜明宮《やめい》を去るとき見送る気分とは、ずいぶんと違っていた。

以後、後宮において、黒の装飾品および衣服を身につけることは禁じられることになる。

ただひとり、烏妃《うひ》をのぞいて。

数日後の夜、衛青《えいせい》がひとり、夜明宮《やめいきゅう》を訪ねてきた。部屋には寿雪《じゅせつ》ひとりきりだった。彼の額には、夜目にも白い晒《さらし》が巻かれていて痛々しい。

「……怪我の具合は、どうだ？」

寿雪が尋ねると、

「たいした傷ではございません。私は大家《ターチャ》のご命令であなたをお助けしたにすぎないのですから、気にしていただかずともけっこうでございます」

突き放した言葉が返ってきた。真実そうなのか、寿雪を気遣ってそう言っているのか

――いや彼にかぎってそんなことはないか、と思う。どうだろう。

「大家からの伝言をお届けに参りました」

衛青の声は夜気よりもひんやりとしている。

「伝言――」

「今後しばらく、許可なく夜明宮から出ることを禁ずる、とのことです」

寿雪は声をのみこんだ。処分を告げに来たのだ。

「もちろん、あなたさまは後宮の法の外にある烏妃でございますから、大家の命令を聞く

義務はございません。ですが――」

「わかっておる。こたびのことは、わたしの蒔《ま》いた種だ。もっと早くに対処すべきであったし、高峻《こうしゅん》にも言うておくべきであった。――いや、そもそも烏妃《うひ》の領分を行きすぎておった」

頼られることの心地よさに、調子にのったのだ。困っている者をほうってはおけないから、と理由づけて、必要とされる悦《よろこ》びに溺《おぼ》れていた。危うさに気づいていながら。

「……ずっと以前から、危惧《きぐ》していたことです」

衛青《えいせい》の声が響く。冷たいというよりも、打ち沈んだ声だった。寿雪《じゅせつ》は顔をあげる。

「目立たぬようになさってください。それがあなたのためでもある」

寿雪から顔を背けるように、衛青はきびすを返した。来たときとおなじように、ひそやかに部屋から出てゆく。寿雪はもう、外に出て見送りはしなかった。

きっと高峻も、これまでとおなじようにここを訪ねてはこないのだろう、と思った。

陽の高いうちに、高峻は花娘《かじょう》を見舞った。騒動から数日がたち、後宮内もすでに落ち着きを取り戻している。

訪ねた鴛鴦《えんおう》宮で、花娘は搨《とう》に横になっていた。

「まあ、陛下」

花娘《かじょう》が身を起こそうとするのを、高峻《こうしゅん》は制した。

「そのままでいい。足の具合はどうだ？」

「もう痛みもございません。皆が心配するので、こうしてじっと横になっておりますが、退屈でしようがございませんわ」

花娘は侍女の手を借りてゆっくりと起きあがり、高峻と向かい合った。

「今回のことは、わたくしが悪手《あくしゅ》を打ちました。ああした騒ぎにならぬうちにと思っていたのが、逆にきっかけとなってしまって、面目《めんぼく》もございません。侍女たちにも、冷静でいるように前もってよく言い聞かせておくべきでした」

「体《てい》よく利用されてしまったな。相手は機会をうかがっていたのだ。侍女のひとりがそなたに抗議したのに乗じて、焚《た》きつけた」

「相手、とおっしゃいますと……」

「年かさの侍女がいただろう。古参の侍女だ。吉鹿女《きつろくじょ》という」

「ああ」花娘は思い出すように視線を宙に向ける。「たしかに、最初に声をあげたのは若い侍女でしたが、そのあと年かさの侍女が『緇衣娘娘《しえにゃんにゃん》』を愚弄したと言って非難して、ほかの侍女たちも同調していったのです」

「吉鹿女《きつろくじょ》は侍女頭《がしら》で、侍女たちのあいだでは、年若い鶴妃《かくひ》よりも彼女の発言が重んじられているふうがあった。吉鹿女であれば侍女たちをなだめて抑えることもできたはずが、逆に焚きつけて騒ぎを大きくした」

「その者は、いま……」

「勒房子《ろくぼうし》の調べが入る前に、毒をあおって死んでいた。すべての責《せき》は自分にあると書状をしたためて」

花娘《かじょう》は痛ましげに眉をさげた。

「それでは、偽護符などの件も彼女が？」

「そうだと書いてある。もっとも、その理由については『緇衣娘娘《しえにゃんにゃん》』の信徒を増やしたかったからで、私腹を肥やすつもりも、混乱を引き起こすつもりもなかったと。侍女のひとりが持っていた護符を自分で見よう見まねで書いて、宦官に命じて後宮内の者たちに売りつけたという」

が、勒房子の調べに寿雪《じゅせつ》が答えたところによれば、偽護符の筆跡は以前見た白雷《はくらい》のものだという。偽護符の出所は白雷だ。それを吉鹿女が受けとり、後宮内に広めた。寿雪を鯊《さ》門《もん》宮に呼び出す使いを侍女にさせたのも、吉鹿女だ。

いずれも、本丸が朝陽《ちょうよう》であるのは明らかである。だが、吉鹿女はすべての罪を自分でかぶって死んだ。彼女が死んでしまった以上、朝陽《ちょうよう》とのつながりを追及するのは困難だ。

騒動が起これば誰かが必ず首謀者として処罰されるのはわかっていたことなのだから、あらかじめそこまで決まっていたのだろう。毒と書状を用意していた手際《てぎわ》のよさといい。

「烏妃《うひ》さまは、どうなさっております？」

「夜明宮《やめい》でおとなしくしている」

「まあ……」

花娘《かじょう》は気の毒がるような顔をする。「あのかたが悪いわけではございませんのに」

そのとおりだ。そして、寿雪《じゅせつ》は高峻《こうしゅん》の命令など聞かずともいい。だが、「自らの蒔いた種だ」として夜明宮に籠もっている。

――どうすればよかったのか。

煽動したのは吉鹿女《きつろくじょ》でも、それだけであのような騒動が起きるわけもない。烏妃の存在がそもそもの発端だった。助長させたのは、烏妃を頼る者を突っぱねることができない寿雪の心根だった。

朝陽の諫言《かんげん》が胸に刺さる。彼が手を加えずとも、遅かれ早かれ、こんな事態は起こり得た。彼はそれを手早く示してみせただけだ。この騒動自体が、朝陽の諫言だった。

今回はこれくらいですんだが、もし、烏妃であるうえに前王朝の遺児であることが利用されたら？　いまのうちに手を打たないと、もっとひどい騒動が起こるかもしれない――

朝陽《ちょうよう》はそんな危惧《きぐ》を暗に伝えている。

「鶴妃《かくひ》さまはいかがです？　お加減は」

「彼女に怪我はないが」

「具合が悪いのではありませんか」

「ああ……それはすこし前からだ。いまもあまりよくない。吉鹿女《きつろくじょ》を失ったのもあるだろう」

「泊鶴宮《はっかく》の者たちの処分はどうなります？」

「まだ決まっていない。吉鹿女が責めを負って死んだゆえ、侍女や鶴妃への処遇をどうすべきか話し合っている」

「処分をお決めになるのは、いましばらくお待ちになったほうがいいかもしれません」

「なぜだ？」

「恩赦《おんしゃ》を出すことになるかもしれませんから」

高峻《こうしゅん》はけげんに思ったが、花娘はうっすらとほほえむばかりだった。

実際、このあと彼女が予言したとおり、ある慶事を理由に、侍女たちは赦免《しゃめん》されるのである。

晩霞《ばんか》は鯊門《さもん》宮の露台に立ち、池を眺めていた。凪《な》いだ水面《みなも》に陽の光がまぶしい。

「白雷《はくらい》はもう逃げたのですか」

背後で椅子に腰かけ、茶を飲んでいる父、朝陽《ちょうよう》に尋ねた。

「……白雷などという男は、ここにはもとからおらぬ。雨果《うか》びとの玉眼《ぎょくがん》という占卜師《うらないし》なら、しばし滞在しておったが」

晩霞は手を握りしめ、父をふり返った。

「吉鹿女《きつろくじょ》は死にました。せめて亡骸《なきがら》を賀《が》州に帰してくださいませ。鹿女には子供がおります」

「罪人をつれて帰るわけにはいかぬ。後宮の掟《おきて》に従い、こちらで埋葬する」

「罪人にしたのはお父さまではありませんか！」

朝陽の表情はわずかばかりも動かなかった。

「……吉鹿女はわかってくれていたぞ。おまえがいま騒ぐことは、あの者の志《こころざし》を踏みにじることだとわからぬか」

「わかりません。死ぬような罪ではなかった。死なねばならなかったのは、お父さまを守るためではありませんか」

「私ではない。沙那賣《サナメ》のためだ」

晩霞《ばんか》のなかでなにかが崩れた。

「口をひらけば沙那賣《サナメ》のため、沙那賣のためと、お父さまにはそれ以上に大事なものはないのですか」

朝陽《ちょうよう》ははじめて、いぶかしげに眉をひそめて晩霞を見た。

「私は沙那賣の当主だ。当たり前だろう」

「沙那賣のために、沙那賣の者を死なせるのですか。おかしいでしょう」

朝陽の眉間《みけん》の皺が深くなる。あきらかに不愉快そうだった。

「一族のために、ひとりが死なねばならぬことはある。そうしてずっと、沙那賣は永らえてきたのだ」

「そうですね。沙那賣という一族はずっとそうだった。最初から。一族のために、末娘を犠牲にすることも厭《いと》わなかったのですものね」

朝陽の顔が険《けわ》しくなる。父のそんな表情を見るのは、はじめてだった。晩霞は父の感情を目にしたことがない。

「厭わなかったわけがなかろう。だから――」

「だから、よその娘を代わりに犠牲にすることを覚えたのですね。それが一族のためですか」

「選ばせてやったではないか」

朝陽《ちょうよう》の声が冷たく沈んだ。

「よその娘を犠牲にすることをよしとせぬのであれば、あのときおまえが死を選べばよかった」

晩霞《ばんか》は息をのむ。唇が震えた。――このひとは。

「沙那賣《サナメ》の娘に生まれたことを、心の底から呪います」

目が熱くなる。声が震えるのを抑えられなかった。

「わたくしは金輪際《こんりんざい》、お父さまの言うことは聞きません。お会いするのもこれが最後でございます」

朝陽はひとつの名を口にした。それは晩霞と朝陽しか知らぬ、晩霞のほんとうの名前だった。

「おまえは、沙那賣の者だ。それからは逃れられぬ。おまえも、私も」

「いいえ、わたくしはもういやです。沙那賣なんて――」

「……」

朝陽は何事かつぶやいたが、晩霞には聞きとれなかった。

「なんとおっしゃったの、お父さま」

「やはりおまえも違った」

どこか遠いところから響くような、暗く翳《かげ》った声だった。

「え？」

「誰にもわからぬ。誰も知らぬ。私の罪を」

晩霞《ばんか》は、急に父の顔が逆光を受けたようにわからなくなった。見えているのに、見えないような——いや、まるで知らないひとに思えたのだ。

いったい自分は父のことをどれだけ知っているのだろう、と晩霞はあらためて思った。たぶん、なにも知らない。このひとがいままで、どんな道を歩んできたのか。なにをあきらめ、なにを手放してきたのか。

「お父——」

晩霞はふいに、頭がくらりとした。足元から冷たくなり、血の気が引く。気分が悪くなる。あ、いけない、と足に力を入れようとするも、体が揺れる。

——倒れる。

とっさに体を丸めたが、そのまま晩霞は暗闇に吸いこまれるように意識を失った。

晩霞は自分を呼ぶ声で目が覚めた。

「小妹《シャオメイ》、ああ、起きた」

「馬鹿……、寝かせておくように医師に言われたろう」

兄たちの声が聞こえる。頭を動かすと、晨《しん》と亮《りょう》がそばにいるのが見えた。晩霞《ばんか》は寝台に寝かされている。見覚えのない部屋だった。

「ここは鯊門《さもん》宮の部屋だ。覚えているか、おまえは倒れたんだ」

長兄の晨が言う。眉をよせた難しい顔をしている。この兄はいつもこんな顔だが。

「覚えているわ……ごめんなさい、急に気分が悪くなって」

そう言うと、亮がなにか言いたげに晨をちらちらと見た。晨はそれをきれいに無視している。

「なあ、おい、おまえ、気づいてるのか？」

「よせ。あとでいい」

晨がたしなめるが、今度はそれを亮が無視する。

「医師に診《み》てもらったら、おまえ――」

「身籠《みご》もっているのがわかった？」

晩霞は先回りして訊く。亮は「なんだ」とつまらなそうなのが半分、ほっとしたようなのが半分の顔で言った。

「知ってたのか」

「はっきりとは……。まだ診てもらっていなかったの。なんとなくそうかと」

「父上は報告がなかったとおっしゃっていたが」

晨《しん》の言葉に、

「言ったでしょう、まだ医師にも診てもらってなかったのよ。侍女のひとりにだけ相談したけれど」

「吉鹿女《きつろくじょ》か？」

「いいえ。あのひとに言うとすべてお父さまに筒抜けだから――筒抜けだったから」

「……だから父上はご存じなかったのだな」

「わたくし、もうお父さまの言うことは聞かないわ」

晩霞《ばんか》はどこか、晴ればれとした気分になっていた。

「お父さまにもそう言ったから」

兄はふたりとも、ぎょっとした顔をしている。そうした表情をするとそっくりだ。

「そんなこと、父上が許すわけないだろ」

「……父上は、そんなことにかまいはしない」

晨と亮《りょう》の意見は分かれた。

「おまえは、見捨てられるだけだ。いいのか」

「見捨てるって、兄上、こいつは陛下の子を身籠もってるんだぞ。見捨てはしないだろ」

「気持ちのうえでという意味だ」

晩霞《ばんか》は胸の上で手を組み合わせた。

「一度、捨ててみるわ、わたくしも。そのうえで、お父さまを新しく見てみたいと思うの」

晨《しん》と亮《りょう》は顔を見合わせる。

「わたくしは、いまのお父さましか知らない――いいえ、いまのお父さまのことも、ろくに知らないから。ねえ、大兄さま。お父さまにも末の妹がいたのでしょうね」

「あ……ああ。それは、そうだろう。俺もよく知らぬが」

晨は戸惑いがちに答える。

「お父さまのこれまでのことを、知りたいと思うの。きっと、お父さまは……」

――苦しんでいらっしゃる。

晩霞は目を閉じて、ふたたびひらいた。

――それがなにか、わたくしは知りたい。

目を細める。部屋のなかは明るい陽ざしで満たされている。

繭《まゆ》のなかで、どろどろと腐ってゆくだけだと思っていたのに。

いま、晩霞《ばんか》は蛹《さなぎ》の殻《から》を破り繭から這い出て、ようやく外の光に触れたような気がした。

＊

宦官の格好をして、寿雪《じゅせつ》はひそかに夜明宮《やめいきゅう》を出た。温螢《おんけい》だけ伴っている。高峻《こうしゅん》からの呼び出しがあったからだ。

——冬官府《とうかんふ》にて待つ。

ただそれだけ書いてあった。

冬官府では、放下郎《ほうかろう》たちが出迎えてくれた。高峻が待っているという。案内された一室の扉の前に、衛青《えいせい》が立っていた。衛青は寿雪をちらとも見ず、ただ型どおりの揖礼《ゆうれい》だけした。

温螢をその場に残して、寿雪は部屋のなかへと入る。そこには高峻のみならず、千里《せんり》と封一行《ほういちぎょう》もいた。

几《つくえ》を囲んで座る彼らのあいだに寿雪も交じる。寿雪の向かいには高峻が座っていた。高峻と顔を合わせるのは、先だっての騒動以来だ。

寿雪はしばらく視線をうつむけていた。高峻がどんな顔をしているのだか、見るのがどこか恐ろしかった。泊鶴宮《はっかくぐう》の殿舎に入ってきたときの、あの冷ややかな重みを思い出す。それでもずっと下を向いたままでいるわけにもいかない。寿雪《じゅせつ》はゆっくりと顔をあげた。

高峻《こうしゅん》はまっすぐ寿雪を見ている。はじめて会ったときとすこしも変わらない、静かで泰然《たいぜん》としたまなざしだった。

——どうして変わらないのだろう。

そのことに、自分でもどうしていいかわからないほど、動揺した。だが、目をそらせない。

今度の一件で、寿雪は己という存在の危うさを痛感した。自分とは離れたところで、自分の存在が大きくふくらんでゆく恐ろしさ。今回は後宮内の小競《こぜ》り合い程度ですんだが、ふたたび似たようなことが起こったときには、どうなるかわからない。

だから高峻も、これまでとおなじように寿雪を扱うことはできないだろうと思っていた。手を差し伸べてくれた彼だからこそ、その重さを感じているだろうと。

だが、彼の瞳は変わらない。

「——どうするのが一番いいのだろうと、ここしばらく考えていた」

高峻は静かに口をひらいた。

「私はそなたを救うと決めたことを、後悔していない。翻意《ほんい》もしない。烏妃《うひ》が危うい存在であるのは百も承知だ。祭祀王《さいしおう》である冬の王が信仰を集めるのは当然のこと、そんなものを後宮に閉じこめておくこと自体が間違いなのだ。危ういならば排除すればいいという単純な話ではない。現状のように、蓋《ふた》をして覆ってしまえばいいというものでは、なおさらない。もっと根本から、絡まった糸をほどかねばならないのだ。無理やり断ち切ることも、考えを放棄することもしない。それでは結局、なにひとつとして解決しないのだから」

寿雪《じゅせつ》は高峻《こうしゅん》の瞳から一度たりとも目をそらせなかった。迷いがないわけがない。後悔しないぶん、苦しみは増える。それでも高峻は、蓋をすることよりも、ともに道をさがすことを選んだのだ。

それがどれだけ険しい道か、わからないのに。

「まずは、香薔《こうしょう》の過《あやま》ちを正すことだ」

高峻は淡々と言葉をつづける。彼はいつでも、どんなことでも、なんでもないように言う。

香薔の過ち。すなわち、烏漣娘娘《うれんにゃんにゃん》を閉じこめたこと。

「そのために、烏漣娘娘の半身をさがしだす。それができるのが烏妃《うひ》で、だから外に出られぬよう、香薔は結界を作った。ならば、その結界を破らねばならない。破ることができるのかどうか、封一行《ほういちぎょう》に尋ねていた」

高峻《こうしゅん》は封《ほう》に目を向ける。は、と封はかしこまった。

「巫術師の理論上、破ることのできぬ結界は存在しません。なぜなら、結界とは『結ぶ』ことだからです。たとえば、われらは縷《いと》を結んで結界とします。あるいは蔦《つた》を輪にして結わえます。結んだならば、ほどけます。ほころびは必ず生じるのです。香薔《こうしょう》は——」

封は指と指を組み合わせた。

「指で結界を成しました。これも、ほどくことは可能でございます。指は九つの門に埋められております、つまり結び目は九つです」

「ひとつずつ、ほどいてゆくと？」

千里《せんり》が尋ねる。

「いいえ」と封は首をふった。

「ひとつずつでは、つぎをほどくときに前にほどいた結び目がもとに戻ってしまうのです。そのため、ひとりでは破れぬ結界となっております。これは烏妃《うひ》ひとりでは破れぬようにしてあるのです」

「つまり」

高峻が言った。

「ひとりでなければ、できるということか？」

「これは補綴《ほてい》の術なのです。結び目がもとに戻ると申しましても、無尽蔵《むじんぞう》になされるわけではございません。ひとつがほどかれれば、ほかが繕《つくろ》う。補い合って破られぬようにした術。九つですから、三つずつが、おたがいを補綴し合います。ですので、同時に三つをほどかねばならないのです。つまり、この結界を破るには――」

「三人」

寿雪《じゅせつ》は言った。「三人、必要だということか」

「さようでございます。それも、香薔《こうしょう》の術を破れるほどの力のある者が。これまで烏妃《うひ》がこの結界を破ろうと考えたとしても、まず三人そろえることが難しゅうございました。巫術師の監視のもと、それだけの力のある者を協力者に引きこむということが」

「烏妃も入れての三人ですね？」千里《せんり》が確認する。「となると、あなたも入れて、あとはひとり」

「ひとり……」寿雪《じゅせつ》はつぶやく。

「京師《みやこ》に巫術師はもうおりません」封《ほう》が難しい顔で言う。「先々帝の代に皆、逃げてしまいましたからな。どうさがしたものか……」

「触れを出したところで、戻ってはこぬだろうな。罠《わな》と疑われそうだ」

高峻《こうしゅん》は腕を組む。「地方で地道にさがすしかないか」

寿雪《じゅせつ》は黙りこんだ。力のある巫術師、ひとり。そう聞いて、すぐに思い浮かんだ者がいる。だが、彼は無理だ。寿雪に協力などしない。呪詛をかけこそすれ、解くことはない。

隻眼《せきがん》の巫術師、白雷《はくらい》。

脳裏に藍《あい》色の海原と砕け散る白浪《しらなみ》がよぎって、消えた。

――深いふかい海の底、夜のしじまに横たわり、わたしはずっと待っている。わたしがわたしに還《かえ》る日を。

※この作品はフィクションです。実在の人物・団体・事件などにはいっさい関係ありません。

集英社オレンジ文庫をお買い上げいただき、ありがとうございます。
ご意見・ご感想をお待ちしております。

● あて先
〒101-8050　東京都千代田区一ツ橋2-5-10
集英社オレンジ文庫編集部 気付
白川紺子先生

集英社
オレンジ文庫

後宮の烏《からす》 4

2020年4月22日　第1刷発行
2022年4月20日　第4刷発行

著　者　白川紺子
発行者　北畠輝幸
発行所　株式会社集英社
〒101-8050東京都千代田区一ツ橋2-5-10
電話【編集部】03-3230-6352
【読者係】03-3230-6080
【販売部】03-3230-6393（書店専用）
印刷所　株式会社美松堂／中央精版印刷株式会社

ISBN 978-4-08-680314-4 C0193